Agosto azul

Deborah Levy

Agosto azul

TRADUÇÃO
Adriana Lisboa

autêntica contemporânea

Título original: *August Blue*

EDITORAS RESPONSÁVEIS
Ana Elisa Ribeiro
Rafaela Lamas

PREPARAÇÃO
Sonia Junqueira

REVISÃO
Marina Guedes

CAPA
Alles blau

IMAGEM DE CAPA
Cavalinhos,
de Marina Sader

DIAGRAMAÇÃO
Guilherme Fagundes

Dados Internacionais de Catalogação na Publicação (CIP)
(Câmara Brasileira do Livro, SP, Brasil)

Levy, Deborah
Agosto azul / Deborah Levy ; tradução Adriana Lisboa. -- Belo Horizonte, MG : Autêntica Contemporânea, 2024.

Título original: August Blue

ISBN 978-65-5928-395-8

1. Ficção inglesa I. Título.

24-195687 CDD-823

Índices para catálogo sistemático:

1. Ficção : Literatura inglesa 823

Cibele Maria Dias - Bibliotecária - CRB-8/9427

A **AUTÊNTICA CONTEMPORÂNEA** É UMA EDITORA DO **GRUPO AUTÊNTICA** 

Belo Horizonte
Rua Carlos Turner, 420
Silveira . 31140-520
Belo Horizonte . MG
Tel.: (55 31) 3465 4500

São Paulo
Av. Paulista, 2.073 . Conjunto Nacional
Horsa I . Sala 309 . Bela Vista
01311-940 . São Paulo . SP
Tel.: (55 11) 3034 4468

www.grupoautentica.com.br
SAC: atendimentoleitor@grupoautentica.com.br

Até mesmo nossas sombras se
amam quando caminhamos.

Chantal Akerman, *Ma mère rit.*

1
Grécia, setembro

Eu a vi pela primeira vez num mercado de pulgas em Atenas, comprando dois cavalos mecânicos dançantes. O homem que os vendeu estava colocando uma pilha na barriga do cavalo marrom, uma pilha AA de zinco *super heavy duty*. Mostrou a ela que para ligar o cavalo, que tinha o comprimento de duas mãos grandes, ela precisava levantar a cauda do animal. Para detê-lo, devia puxar a cauda para baixo. O cavalo marrom tinha uma corda amarrada no pescoço e, se ela segurasse a corda para cima e para fora, poderia direcionar seus movimentos.

A cauda subiu e o cavalo começou a dançar, as quatro patas articuladas trotando em círculo. Ele então mostrou a ela o cavalo branco, com sua crina preta e seus cascos brancos. Será que ela gostaria que ele colocasse uma pilha AA na barriga do animal para que ele também pudesse começar sua dança? Sim, ela respondeu em inglês, mas seu sotaque era de outro lugar.

Eu a observava de uma barraca repleta de estátuas de gesso em miniatura de Zeus, Atenas, Poseidon, Apolo, Afrodite. Alguns desses deuses e deusas tinham sido transformados em ímãs de geladeira. Sua metamorfose final.

Ela usava um chapéu trilby de feltro preto. Eu não conseguia ver muito do seu rosto porque a máscara cirúrgica azul que éramos obrigados a usar àquela altura estava esticada sobre sua boca e seu nariz. Parado ao seu lado estava um homem idoso, de uns oitenta anos. Não reagiu aos cavalos com alegria, como ela estava fazendo. O corpo dela era animado, alto e cheio de vida enquanto puxava as cordas para cima e para fora. Seu companheiro estava imóvel, curvado e silencioso. Eu não tinha como saber com certeza, mas era como se os cavalos o deixassem nervoso. Ele os observava com tristeza, até mesmo com apreensão. Talvez fosse convencê-la a ir embora dali e não gastar seu dinheiro.

Quando olhei para os pés da mulher, notei seus sapatos surrados de couro marrom com saltos altos de pele de cobra. A ponta do seu pé direito tamborilava levemente, ou talvez dançasse, no ritmo dos cavalos, que, guiados por sua mão, agora trotavam juntos.

Eu esperava que eles pudessem me ouvir chamando-os sob o céu da Ática.

Ela fez uma pausa para ajustar o chapéu, inclinando-o sobre os olhos.

Enquanto seus dedos procuravam uma mecha de cabelo enfiada sob o chapéu, olhou em minha direção – não diretamente para mim, mas senti que sabia que eu estava ali. Eram onze da manhã, mas o estado de ânimo que me transmitiu naquele momento era sombrio e suave, como a meia-noite. Uma leve chuva começou a cair sobre Atenas, e com ela veio o cheiro de pedras antigas e quentes e da gasolina dos carros e *scooters*.

Ela comprou os dois cavalos e, ao sair com eles embrulhados em jornal, o velho, seu companheiro, deu-lhe o braço. Desapareceram na multidão. Ela parecia ter mais ou menos a minha idade, 34 anos, e, como eu, usava uma capa de chuva verde bem apertada na cintura. Era quase idêntica à minha, exceto pelo fato de que a sua tinha três botões dourados presos nos punhos. Obviamente, queríamos as mesmas coisas. Meu surpreendente pensamento naquele instante foi que ela e eu éramos a mesma pessoa. Ela era eu e eu era ela. Talvez ela fosse um pouco mais do que eu. Senti que ela sabia que eu estava por perto, e estava me provocando.

Um, dois, três.

Fui até a barraca e perguntei ao homem se podia ver os cavalos. Ele me disse que tinha acabado de vender os dois últimos, mas tinha outros animais dançantes mecânicos, uma seleção de cachorros, por exemplo.

Não, eu queria cavalos. Sim, disse ele, mas o que as pessoas tendem a gostar é de como você levanta a cauda do animal para começar a dança e puxa-a para baixo para interromper. A cauda é mais interessante que um enfadonho interruptor, disse ele, chega a ser quase como mágica, e com essa cauda eu poderia começar ou terminar a mágica a qualquer momento que desejasse. Que importava se fosse um cachorro e não um cavalo?

Meu professor de piano, Arthur Goldstein, me dissera que o piano não era o instrumento, eu era o instrumento. Falou do meu ouvido absoluto, do meu desejo e da minha capacidade de aprender aos seis anos, de como tudo o que ele me ensinava não se dissolvia no dia seguinte. Aparentemente, eu era um milagre. Um milagre. Um milagre. Certa vez, eu o ouvi dizer a um jornalista, Não, Elsa M. Anderson não está em transe quando toca, está em fuga.

O homem perguntou se eu queria que ele colocasse uma pilha AAA de zinco *super heavy duty* num dos cachorros. Apontou para uma criatura que mais parecia uma raposa, com uma abundância de pelos de porcelana e uma cauda que se enrolava sobre suas costas.

Sim, ele disse, a magia recomeçaria, mas desta vez com uma cauda enrolada. Os cachorros eram menores que os cavalos e podiam ficar na palma da minha mão.

Pelo visto, os cavalos não eram o instrumento, o desejo de magia e fuga é que era o instrumento.

Você é uma linda moça. O que faz da vida?

Eu disse que era pianista.

Ah, então ela estava certa, ele disse.

Quem estava certa?

A moça que comprou os cavalos. Ela me disse que você é famosa.

Quando apertei o cinto da capa de chuva até comprimir minha cintura, o homem fez um som explosivo como uma bomba.

Você deve deixar seu namorado maluco, ele disse.

Enfiei a mão no bolso e tirei a maçã que comprara naquela manhã num supermercado. Estava fresca e tesa como outra pele. Segurei-a contra minha face ardente. E então mordi.

Olhe esta cadela aqui, disse o homem que vendera a ela os cavalos. É um spitz, a raça mais antiga da Europa Central. Descende da Idade da Pedra. Olhei para o pelo branco de porcelana da spitz da Idade da Pedra e sacudi a cabeça. Desculpe, moça, ele riu, os dois últimos cavalos encontraram um lar. Minha cliente viu você olhando para ela. Ele baixou a voz e gesticulou para que eu me aproximasse.

Ela me disse, Aquela mulher quer os cavalos, mas eu quero os cavalos e cheguei primeiro.

Senti que ela me havia roubado algo, algo de que eu sentiria falta em minha vida. Afastei-me da barraca de animais dançantes, desolada, em direção a uma carroça cheia de pistache. No chão, ao lado da carroça, estava o chapéu de feltro preto que a mulher usava. Ela havia enfiado um pequeno ramo de uma delicada flor rosa-pálida em sua fita cinza. Eu tinha visto essas mesmas flores nas encostas das colinas da Acrópole durante uma caminhada naquela manhã. Talvez elas estivessem crescendo lá quando cavalos de verdade puxavam carruagens carregadas de mármore para construir o Partenon.

Peguei o chapéu e procurei por ela e pelo velho, mas não os vi em lugar nenhum. Seu companheiro tinha mais ou menos a mesma idade do meu professor, Arthur Goldstein.

Naquele momento, resolvi ficar com o chapéu de feltro. Os cavalos eram dela e não meus. Parecia uma troca justa. Coloquei-o ali mesmo no mercado, inclinando-o sobre os olhos, como ela havia feito. Outra coisa. Quando ela foi embora com os cavalos, virou-se brevemente para olhar um gato dormindo num muro baixo perto de onde eu estava.

Comecei a fazer listas todos os dias.

Pianos que possuí:
Bösendorfer de cauda
Steinway

Tinha parado por aí, sem mencionar o piano da infância, mais humilde.

Depois de um tempo, verifiquei minha passagem de balsa para a ilha de Poros e vi que tinha duas horas de espera antes de seguir para o Porto de Pireu.

2

Max e Bella estavam tomando pequenas xícaras de café grego doce no terraço do Café Avissinia, com vista para a Acrópole. Ambos eram violinistas ilustres. Achavam que, se fosse necessário, poderiam passar o inverno em Atenas e comprar suéteres quentes. Bella também procuraria alguns macacões, que seriam úteis para tocar o violoncelo, seu segundo instrumento. Eles admiraram meu chapéu e me perguntaram onde eu o havia comprado. Contei-lhes dos cavalos e da mulher com o velho.

Não parece que você se esforçou muito para devolver o chapéu dela. Por que quer tanto os cavalos?

Max e Bella olharam para mim com conhecimento de causa, mas o que eles sabiam?

Sabiam que eu era uma criança prodígio e sabiam como a família que me acolheu me presenteou, aos seis anos, a Arthur Goldstein, que me adotou para que eu pudesse me tornar aluna residente em sua escola de música. Fui transferida de uma casa humilde perto de Ipswich, em Suffolk, para uma casa mais grandiosa em Richmond, Londres. Eles sabiam da minha audição e depois da bolsa de estudos para a Royal Academy of Music, sabiam dos prêmios internacionais e do Carnegie Hall, das gravações de recitais e concertos para piano sob a batuta dos maiores maestros, mais recentemente, e fatalmente, no

Salão Dourado em Viena. Sabiam das minhas aclamadas interpretações de Bach, Mozart, Chopin, Liszt, Ravel, Schumann, e sabiam que eu tinha perdido a coragem e estava cometendo erros. Sabiam que eu tinha agora 34 anos. Nenhum amante. Nenhum filho. Não havia uma reconfortante xícara de café empoleirada no meu piano, uma colher de chá metida no pires, um cachorro ao fundo, uma vista do rio pela janela ou um companheiro fazendo panquecas nos bastidores. E sabiam do concerto que eu tinha esculhambado havia três semanas enquanto tocava o "Concerto para piano n.º 2" de Rachmaninov e de como eu deixara o palco em Viena. Eu já o havia tocado muitas vezes antes daquele concerto em particular. Sabiam que eu estava indo até a ilha grega de Poros para dar aulas a um menino de treze anos. Só três aulas de piano estavam agendadas. Tínhamos concordado que eu seria paga em dinheiro e por hora. Talvez pensassem que eu precisava me animar um pouco. Max e Bella anunciaram que tinham uma surpresa para mim. Tinham reservado uma viagem de barco com seu amigo Vass, um pescador, que me levaria para mergulhar em busca de ouriços-do-mar antes da minha primeira aula.

Bella parecia feliz. Estar apaixonada por Max obviamente a fazia pensar que poderia dizer o que quisesse porque estava envolta em amor. Olhe, Elsa, sabemos que isso, se tiver a ver com alguma coisa, tem a ver com Arthur. Puxa, que idiota ele é, o Arthur. Entendemos que você foi sua inspiração, sua musa infantil e até mesmo sua salvação, francamente. Ninguém poderia corresponder a essa expectativa. Elsa, ele é um homem baixo. Com complexos.

Esticou a palavra *c-o-m-p-l-e-x-o-s*.

Quem não tem os seus?

Bem, para começar, ele usa uma gravata de três metros de comprimento, para o caso de ninguém o notar.

Sim, eu disse, essa é uma das razões pelas quais eu o amo.

Arthur me escreveu depois daquele concerto fatal. *Eu senti que você não estava ali quando subiu no palco. Onde você estava, Elsa?*

Muito longe.

Eu me perdi de onde estávamos sob a batuta de M. A orquestra foi para um lado, o piano foi para outro. Meus dedos se recusaram a se dobrar para Rachmaninov e comecei a tocar outra coisa. Arthur me ensinou, aos seis anos, a "desligar minha mente das coisas triviais", mas pelo visto coisas triviais haviam surgido em minha mente naquela noite.

Max me perguntou se era verdade que Arthur estava agora morando na Sardenha. Eu disse que era verdade. Era dono de uma pequena casa numa cidade famosa por seus melões, a 64 quilômetros de Cagliari. Havia passado férias lá durante anos, mas agora a transformara em sua casa.

Eles queriam saber por quê.

Ele acha que o amor é mais possível no sul.

Arthur tem um amante?

Não sei.

Era para ser uma piada, porque ele estava agora com oitenta anos. Eu nunca soubera nada de sua vida amorosa. Nunca tinha visto Arthur com um parceiro, embora suspeitasse que ele tivesse seus próprios arranjos. Ele tinha 52 anos quando me adotou, então talvez as partes mais inflamadas de sua libido tivessem sido domesticadas.

Além disso, Bella disse, como se tivesse feito uma lista de mistérios a serem resolvidos e eu fosse um deles, não sabemos por que você está dando aulas aleatoriamente a crianças sem talento algum. Você sabe, Elsa, todos os conservatórios do mundo te empregariam como uma professora eminente. Caia na real.

Tentei cair na real de uma forma que agradasse Bella, então disse, Sim, estou dando aulas para pagar o aluguel e comprar um kebab até a pandemia passar. Não era verdade, minhas economias iam me sustentar, mas eu queria controlar tudo o que estava sentindo naquele momento. Arthur foi meu professor, mas também foi uma espécie de pai. O único pai que tive, e eu o amava desmedidamente. Quando eu era jovem, ele sempre sentava ao meu lado enquanto eu tocava. Seus dedos estão dormentes, gritava; qual é o sentido de ensinar a uma dorminhoca? Ao mesmo tempo, meus dedos estavam vivos. Tremendo. Eu não sabia como deveria ser de modo a agradá-lo.

Não tinha vontade alguma de assustar meus alunos.

Bella se inclinou sobre a mesa e beijou minha face. Nós nos conhecíamos fazia muito tempo. Seu ex-marido, Rajesh, havia sido aluno do curso de verão de Arthur por um mês. Ele e eu nos conhecemos quando tínhamos doze anos e continuamos amigos íntimos desde então. Na verdade, eu apresentei Bella a Rajesh quando ambos tinham vinte anos. Eles se casaram três anos depois, o que ninguém na época entendeu. Haviam se separado recentemente e ela se juntara a Max em Atenas. Senti essa longa história e sua preocupação em seu beijo. Tocar minha face com os lábios era uma coisa muito perigosa de se fazer. Eu havia perdido a noção de onde estávamos nas várias ondas do vírus. Os grandes confinamentos tinham acabado, mas todos ainda estavam com medo.

Elsa, Bella disse, por favor, esqueça o Rach e volte a sorrir.

Sergei Rachmaninov nunca sorria. Sua poderosa mão esquerda, seu rosto severo, a tristeza que se dissipou enquanto ele escrevia o "Concerto para piano n.º 2". Talvez sorrisse diante do fato de sempre o chamarmos de Rach, como se ele fosse um amigo passando para pedir emprestado um carregador de celular. Eu ouvia seus grandes pensamentos musicais desde os quinze anos. Durante algum tempo, Arthur e eu não trabalhamos juntos em mais nada além de Rach e Tchaikovsky porque, como ele me mostrou, Rachmaninov estava apaixonado por Tchaikovsky, mas estruturalmente era muito mais inovador. Embora vivêssemos em séculos diferentes, Rach e eu éramos solistas populares desde muito novos, participando de recitais em vários conservatórios.

Fiz um gesto para o garçom, um pequeno aceno com os dedos, talvez ao estilo de uma diva. Vamos deixar isso de lado, sugeri aos meus amigos, deixe-me convidar vocês para uma taça de ouzo. Tenho que ir até o Porto de Pireu. O garçom fez as honras e levantamos nossas taças sem saber o que dizer a seguir. Alguém havia pintado as palavras *Morte Drogas Vida Beleza* com tinta preta sob um arco de jasmim urbano que parecia estar num segundo florescer outonal.

Coloquei o chapéu e me ouvi em comunhão com a mulher que comprara os cavalos. Vou te encontrar, eu disse a ela mentalmente. Em troca do seu chapéu, você vai me dar os cavalos.

Bella virou a cabeça para disfarçar fosse qual fosse a expressão que acabara de trocar com Max.

É que eu não entendo, ela disse. Aquele concerto do qual você foi embora. Quer dizer, Rach tinha mãos gigantes. Ele conseguia abranger doze teclas de piano da ponta do dedo mínimo até a ponta do polegar.

Isso nunca tinha me incomodado antes, respondi, mas o que eu estava pensando era nas unhas de acrílico rosa usadas pela modelo na capa da revista de compras do avião a caminho de Atenas. Sua mão pálida me parecia um cadáver, cada sarda e linha apagada com AirBrush. Ela segurava entre os dedos flácidos a haste de um copo de coquetel cheio até a metade com um líquido rosa que combinava com suas unhas. Algum tipo de licor. Aparentemente, aquela bebida criava emoções. Era o que dizia, emoções eram criadas com aquele licor. Ao mesmo tempo, eu estava tocando mentalmente uma mazurca melancólica de Frédéric Chopin, "Op. 17, n.º 4". Bella me deu um tapinha no ombro. Se você vir Rajesh quando voltar para Londres, diga que ele me deve seis meses das prestações da casa.

Agora era a vez de Max. Bom, Elsa, não sei o que aconteceu, mas todo mundo quer que você toque de novo. É como se você tivesse cancelado a si mesma. Ajustei o chapéu, inclinando-o para a frente. Um coro de pássaros começou a cantar enquanto eu descia os degraus da cobertura em direção à saída do prédio.

Bella estava me chamando. Eu tinha deixado meu telefone em cima da mesa. O toque era "Birdsong". Enquanto eu voltava para pegá-lo, uma espécie de pássaro cantou e gorjeou. Cantava todas as vezes que eu recebia uma mensagem de texto. Arthur, na Sardenha, pedia-me por WhatsApp que fosse visitá-lo. Meus dedos tamborilaram nas palavras: *Mas eu trabalho.*

Tenha cuidado com suas mãos, ele respondeu.

Suponho que, tal como o licor da revista, minhas mãos criassem emoções. E então ele escreveu em letras maiúsculas com sua velha mão direita, a mão que agarrava meu pulso quando eu era criança e o tirava das teclas quando ele queria que eu usasse os pedais.

E QUANTO AO AZUL?

Uma semana antes do concerto de Rachmaninov, decidi pintar o cabelo de azul. Arthur tentou me dissuadir. Afinal, meus longos cabelos castanhos, sempre trançados e enrolados na cabeça, eram minha assinatura. Elsa M. Anderson, a virtuose do piano que em alguns aspectos lembrava uma primeira-bailarina. Na adolescência, experimentei usar dois cachos trançados, prendendo-os em esferas um de cada lado da cabeça. Arthur achou que faltava seriedade naquele estilo, mas eu o usei por um tempo. Minha querida, disse ele, se você está decidida a estragar seu lindo cabelo, deve ir ao meu salão em Kensington.

Azul era uma separação do meu DNA. Nós dois sabíamos que eu queria romper com a possibilidade de me parecer com meus pais desconhecidos. Arthur se sentia perplexo por eu não ter vontade de procurá-los. Nem de fazer contato com a família que havia me acolhido. Desde os dez anos ele me disse que eu poderia consultar "os documentos" sempre que quisesse. Referia-se aos documentos de adoção. Acho que estava sempre se preparando para a inevitável busca que eu começaria a fim de encontrar meus pais biológicos. Mas eu nunca quis ler "os documentos" e dizia isso a ele. Arthur sempre respondia, Admiro sua grande força.

Quando ele chegou ao salão, já fazia três horas que eu estava lá. A colorista teve que descolorir meu cabelo antes de aplicar a tinta. Arthur comprou sanduíches para nós dois no Pret. Entregou o meu e me confidenciou que também havia comprado dois biscoitos de chocolate com marshmallow que estavam derretendo em seu bolso.

Por alguma razão, ele queria discutir a relação de Nietzsche com Wagner não só comigo, mas com todo o pessoal do salão. Talvez estivesse nervoso por causa do azul. A cabeleireira que estava cuidando do meu cabelo junto à colorista perguntou quem eram aqueles homens.

Nietzsche foi o filósofo demasiado humano, disse Arthur, e Wagner, o compositor sobretudo de óperas inflamadas. Dos dois, era mais provável que Nietzsche tingisse seu bigodão de azul. E qual era o relacionamento deles? É uma questão de temperatura, respondeu Arthur, *escaldante* seria a palavra para definir o relacionamento deles. Aparentemente, para fugir da paixão por Wagner, Nietzsche começou a ouvir o compositor francês Bizet, porque era uma música que continha o sol da manhã. Sim, disse Arthur, Nietzsche concluiu que a música de Bizet tinha "uma aparência mais queimada de sol". Arthur sentou-se e começou a desembrulhar seu sanduíche. Acontece, disse ele, que as próprias composições de Nietzsche eram bastante eclesiásticas para alguém que gritava "Deus está morto" de todas as montanhas e pontes. Ele tocou piano e compôs até bem tarde na vida, mas sentiu que havia fracassado como compositor, o que provavelmente era verdade. Wagner também pensava assim. Francamente, tudo o que se passava na cabeça de Nietzsche era mais bem expresso na filosofia, e não na música. Meu cabelo estava sendo pintado com um pincel pequeno. O cheiro de amônia fazia meus olhos lacrimejarem. Bem, isso você não sabe, eu disse, enquanto a colorista empurrava meu queixo para baixo, você não sabe nada sobre as composições do próprio Nietzsche, aquelas que ele nunca escreveu.

Ah, mas eu sei, sim, Arthur respondeu misteriosamente, alguns de nós são criadores – ele mordeu o sanduíche de ovo e maionese –; e o restante, intérprete.

Talvez ele estivesse falando sobre minhas primeiras tentativas de composição. Era como se ele soubesse que eu podia ouvir algo que ele não entendia e se ressentisse disso. Quando meus dedos encontraram as teclas, descobri que tinha um ponto de vista. Tudo o que tive que fazer para revelá-lo foi ouvir.

A cabeleireira pediu que eu me afastasse da cadeira para que ela pudesse amarrar novamente a capa preta nas costas.

Nietzsche acreditava, com razão, continuou Arthur, tocando de leve os lábios com um guardanapo, que a música era a arte mais elevada, a essência do ser. No entanto, ele rompeu com as melodias infinitamente exaustivas de Wagner assim como alguém quebra um prato e não vê sentido em voltar a colá-lo. Arthur estava agora removendo, de forma forense, a clara de ovo de seu sanduíche de ovo e maionese. A ideia de uma paisagem mais queimada de sol parecia empolgá-lo, provavelmente por causa da sua casa na Sardenha. Concordo com Nietzsche, disse ele, jogando a bengala no chão, que o amor é mais possível no sul.

O azul tem que ser aplicado sobre um louro bem claro. O processo inteiro durou quase seis horas. Dava para ver que Arthur estava animado, horrorizado e um pouco agitado. Tomamos chá, eu com o cabelo enrolado em papel alumínio. A certa altura, ele beijou minha mão como se eu estivesse prestes a fazer uma grande cirurgia. Não parava de falar. Será que havia contado a elas, perguntou, que um dia foi me buscar na escola e seu longo cachecol de *chiffon* branco quase ficou preso nas rodas do carro e o estrangulou, estilo Isadora Duncan? Elsa está *fas-ci-nada* por Isadora, ele sussurrou à colorista, que agora dava instruções ao estagiário sobre onde comprar uma salada de quinoa para ela. Arthur sabia que eu estava lendo a autobiografia de Isadora Duncan, a mãe da dança moderna, como às vezes era descrita. Eu assistia com frequência no YouTube aos alunos da técnica de Isadora executando suas coreografias, em sua maioria acompanhadas por músicas de Bach, Mendelssohn, Chopin, Schumann. Estavam descalços e usavam togas diáfanas. Acho que a ideia era me mostrar como ser feliz e livre.

Minha colorista ainda estava conversando com o estagiário. Acrescentou uma Coca-Cola à lista do almoço e explicou que tinha que estar tão gelada quanto um cadáver.

Um cadáver não é necessariamente gelado, minha querida, interrompeu Arthur. Demora pelo menos doze horas para o sangue esfriar no corpo humano.

Parecia que Arthur iria ficar até o fim, então ela sugeriu que ele fizesse uma lavagem e uma escova. O gerente do salão, Rafael de Rotherhithe e do Rio, como ele mesmo se descrevia, costumava ser discreto quanto ao esforço necessário para levantar a cadeira e fazer com que a cabeça de Arthur alcançasse a bacia. O estagiário mais jovem chegou de repente com três almofadas. Finalmente, a cabeça estava na bacia. Todos queriam que ele se afogasse.

Quando chegou a hora de enxaguar a tinta azul, Arthur estava um pouco sem fôlego. Ele sabia que dentro de uma semana eu tocaria no Salão Dourado em Viena com cabelo azul. O público que tinha vindo ouvir sua pianista favorita talvez se perguntasse se ela teria sido substituída por outra pessoa.

A colorista estava muito tensa.

Por um momento pensei na minha mãe biológica.

E depois na mãe da família que me acolheu.

Meu novo e elegante cabelo azul ondulava pelas costas até um pouco acima da minha cintura.

Eu tinha duas mães. Uma delas desistira de mim. E eu desistira da mulher que a substituiu. Podia ouvi-las prendendo o fôlego.

Arthur lançou os braços para o alto. Minha querida, disse ele, como não tenho um trenó aberto para ser puxado por huskies pelas ruas tempestuosas de Londres, vamos dividir um táxi. Você, Elsa M. Anderson, agora é de um azul natural.

3

Fui até o Portão E8 do Porto de Pireu para pegar o barco de Atenas para a ilha grega de Poros. Todos tinham que usar máscaras nos transportes públicos. Foi uma travessia difícil. A equipe circulava distribuindo sacos de enjoo para aqueles que levantavam as mãos de modo a sinalizar que sentiam náuseas por trás das máscaras. O sol de outono iluminava as ondas do Egeu enquanto o vento as levantava. Agora que a pandemia atingia a terceira década do século XXI, havia avisos laminados nas paredes do barco dizendo aos passageiros para manterem entre si uma distância de um metro e meio. O cartão de segurança guardado no bolso da minha cadeira garantia que todos os coletes salva-vidas estavam equipados com um apito. Havia duas telas lado a lado na parede, uma anunciando uma marca de aquecedor; outra, um tipo de sorvete. Um casal estava sentado no corredor à minha frente, com viseiras de plástico transparente sob as quais usavam não uma, mas duas máscaras cirúrgicas. Estavam tomando café gelado com canudos e tinham furado as máscaras para colocar os canudos na boca. Enquanto o barco balançava nas ondas ensolaradas, Rajesh me enviou uma mensagem sobre os terremotos na Grécia. Ele passara um tempo pesquisando a escala Richter do terremoto que recentemente causara danos na Grécia e na

Turquia. Liguei e perguntei como estavam as coisas com ele em Londres. Ele me disse que, se carregasse um apito no bolso do paletó para soprar toda vez que se sentisse ansioso, o apito nunca sairia de seus lábios. Achei melhor não mencionar o pedido de Bella para que pagasse sua parte das prestações da casa. Durante o resto da viagem coloquei fones e ouvi o concerto para violino que Philip Glass dedicara ao pai. Podia ouvir meu coração batendo enquanto olhava para as ondas cintilantes.

4

Tinha combinado de me encontrar com meu aluno e seu pai diante de um hotel no porto. Fui até o hotel, que parecia fechado, então me sentei nos degraus desertos da entrada. Ainda podia sentir o gosto de ouzo nos lábios.

O sol da tarde caía suavemente sobre a torre azul do relógio construída no alto da colina, entre oliveiras e ciprestes. Os violinos do concerto fúnebre e o ritmo do barco ainda não tinham deixado meu corpo. Depois de um tempo, alguém gritou, Lá está ela. Era Marcus, que eu só conhecia por Zoom. Puxava o braço do pai, arrastando-o em minha direção. Marcus usava uma camiseta até os joelhos e chinelos com grandes margaridas brancas de plástico nos dedos. Quando acenei, o pai dele gritou, Calma, rapazinho. Marcus tinha treze anos. Eles caminharam em minha direção através do sol e dos gritos das gaivotas.

O pai do meu aluno estendeu o braço para apertar minha mão. Usava um terno e uma marca cara de tênis.

Por favor, me chame de Steve.

Seu cabelo estava preso num rabo de cavalo desgrenhado. Ele era um expoente no ramo do transporte marítimo, originário de Baltimore e rico, mas dava a impressão de ter sido um hippie e acreditar na paz e na promiscuidade. Aparentemente, havia um problema com seu carro.

Morria e voltava a funcionar no caminho para o porto. Steve achava que seria melhor eu pegar um táxi até o chalé que eles tinham alugado para mim. A governanta estaria na propriedade e ia me mostrar como tudo funcionava. Ele queria saber quais os meus planos para o fim de semana. Eu disse que ia mergulhar para apanhar ouriços-do-mar no domingo.

No barco de quem?

Ele se chama Vass, eu disse.

Steve sorriu. Sim, os métodos de pesca de Vass são bastante básicos.

Chamou alguém e antes que eu percebesse um táxi havia chegado.

Você é famosa, Madame Azul, ele me disse, queremos muito que tudo seja o mais tranquilo possível. Tirou um livrinho preto do bolso do paletó e pediu meu autógrafo, colocando uma pesada caneta-tinteiro prateada em minha mão. Assinei o livro dele, *Elsa M. Anderson*. Não se esqueça de tirar o chapéu ao mergulhar para apanhar ouriços, brincou.

Vejo você na segunda-feira, Marcus, eu disse. Sinos de vento tilintavam nos barcos de pesca. Gaivotas sobrevoavam as redes empilhadas no convés.

Fale, rapazinho. Seu pai cutucou seu braço.

Marcus ergueu a mão direita e acenou com os dedos para mim. Depois se abaixou e ajeitou a margarida branca no chinelo.

Então, Marcus, vamos procurar um mecânico para descobrir o que está acontecendo com nosso carro, está bem?

Steve aumentou o volume da voz. Como se falar alto pudesse de alguma forma murchar a extravagante margarida de plástico no calçado de seu filho.

O mundo estava girando lentamente para trás até chegar à lembrança de Arthur me buscando na escola, com uma leve camada de rímel nos cílios. Ele falava sobre os noturnos de Chopin em si bemol menor e em mi bemol para um pai no parquinho. Aquele pai tinha ido até a escola no skate do filho. Enquanto o homem ajustava uma das rodas, Arthur lhe explicava que os noturnos eram obras curtas para piano inspiradas nos estados de espírito e sentimentos noturnos. O pai o interrompeu para perguntar em voz bem alta se por acaso ele não teria uma chave-inglesa no bolso.

A governanta estava me esperando na casa. Usava máscara, e eu procurei a minha no bolso do casaco. Todas as tavernas tinham sobre a mesa um frasco de desinfetante que não fazia bem às minhas mãos, composto de pelo menos setenta por cento de álcool. Eu tinha lido sobre alguns bêbados que abriram à força os dispensadores num hospital em Londres para bebê-lo. Meu agente me disse que água e sabão eram uma forma mais eficaz de se livrar dos germes do que desinfetante, como se ele tivesse formação médica. Minhas mãos estavam seguradas nos Estados Unidos por milhões de dólares. Eu tinha que cuidar das minhas mãos. O básico era massageá-las, tamborilar os dedos para a circulação, molhá-los primeiro em água morna, depois em água fria, manter as unhas curtas, sem esmalte, sem anéis, hidratar, alongar, nada de farpas ou cortes, tentar dormir sem me deitar sobre o braço.

Agora que estávamos ambas mascaradas e não conseguíamos ler facilmente as expressões no rosto uma da outra, tivemos que usar o aplicativo de tradução em nossos telefones para nos entendermos. Grego para inglês, inglês para grego.

Desistimos depois de um tempo. Ela me mostrou a caixa de fusíveis com os interruptores da água quente, o fogão, as luzes de vários cômodos, mas todos estavam etiquetados em grego. Eu teria que procurar no meu aplicativo qual interruptor era para a água quente na cozinha e qual era para o banheiro. O homem que vendeu os cavalos estava certo. Esses interruptores desempenhavam a mesma função de desligar e ligar cavalos, mas não provocavam a mesma emoção. Afinal, a caldeira não começava a dançar quando eu ligava o interruptor. E, ainda assim, na realidade, o mecanismo era o mesmo. Para cima quando fosse ligar, para baixo quando fosse desligar.

No jardinzinho nos fundos da casa, três sapos tinham saído para receber a chuva repentina. Borboletas brancas pousavam nas flores de um laranja-claro plantadas ao redor de uma figueira. O ar estava quente e perfumado. Naquele primeiro dia em Poros, eu sentia que a mulher que tinha comprado os cavalos estava muito perto de mim.

Talvez eu seja, eu disse a ela.

Talvez você seja o quê?

Famosa.

E esteja fugindo, ela disse. Fugindo do seu talento e dos homens.

Eu sabia que esses eram meus próprios pensamentos, mas eles me deixaram um pouco triste.

Um pouco não, muito, ela disse.

Decidi pensar na mulher que tinha comprado os cavalos como meu duplo. Ouvia sua voz feito música, feito um estado de espírito, ou às vezes feito uma combinação de dois acordes. Ela me assustava. Sabia mais coisas do que eu. Fazia com que eu me sentisse menos sozinha.

Por alguma razão, meu laptop não me deixava mudar o horário do Reino Unido para o horário da Grécia, então eu tinha que ficar adicionando duas horas ao horário britânico. Se eram cinco da tarde em Londres, eram sete da noite em Poros. Esse gesto de curvar o tempo, para trás e para a frente, aumentava a irrealidade de estar na Grécia após o longo confinamento. Enquanto isso, havia teias de aranha nos cantos de todos os cômodos do chalé. Quando abri as janelas, o vento as sacudiu. Essas teias tinham sido descartadas havia muito por suas criadoras, assim como eu.

Eu era de um azul natural.
Sou de um azul natural.
Era, sou.

De vez em quando eu experimentava algo em minha mente, uma sinfonia embrionária, uma impressão mental de combinações harmônicas. Essas foram as notas que entraram em mim na noite em que toquei em Viena.

Eu desembrulhava o teste rápido de antígeno SARS-CoV-2 que estava prestes a fazer aqui em Poros. O kit de teste havia sido fabricado em Hangzhou, China. Aquele dispositivo, suponho, era parte da história da humanidade.

Você está fazendo de tudo para se esquivar da sua própria história, disse ela.

Eu estava fazendo de tudo para me esquivar da minha própria história. Até os cinco anos de idade, a família que me acolheu se referia a mim como Ann. Eles tinham um piano, um Wurlitzer de armário, isso era o principal, e pagavam pelas aulas de piano. Uma mulher vinha à nossa casa aos sábados, depois às quartas e sextas-feiras. Com três aulas por semana e todo o estudo, eles me perderam para o piano, mal tinham uma filha. Certamente não uma filha alegre e divertida. Eles eram pessoas gentis. Às vezes me faziam uma pergunta: Você está feliz, Ann? Eu tomava cuidado para nunca olhar em seus olhos suplicantes. Então o Wurlitzer desapareceu. Quando Arthur me adotou, eu me tornei Elsa. Muito mais tarde, quando comecei a ganhar dinheiro, pedi a Arthur que mandasse dinheiro à família de acolhimento a fim de retribuir as aulas. Ele disse que achava desnecessário. A menos que eu quisesse contactá-los, ele achava melhor deixar aquilo de lado. Ele era sempre muito direto comigo no que dizia respeito a esse assunto. Não, ele disse, não quero que você pense que tem que pagar por seu talento e suas habilidades, nem – e ele chegou a dar um tapinha no meu nariz – deveria pagar por ter nascido e ser razoavelmente bem cuidada. Fui mais do que razoavelmente bem cuidada. Eles me ofereceram seu amor, mas eu não conseguia senti-lo.

Algo estava acontecendo com meus olhos. Eu queria chorar, mas não conseguia produzir lágrimas. Sons de choro saíram dos meus lábios, mas as lágrimas, as lágrimas molhadas, não estavam lá. Arthur me disse que, agora que eu tinha esculhambado o Rach num grande concerto, o único local que me aceitaria seria a estação St. Pancras de Londres. Os passageiros jogariam moedas num copinho de papel enquanto eu tocaria num dos pianos desafinados da seção de lojas.

E o que aconteceu naquela noite em Viena?

Eu perdi a noção de onde estávamos sob a batuta de M. Meus dedos se recusaram a enfrentar as pesadas progressões de acordes menores naturais que aparecem por toda parte. Também não consegui lidar com as harmonias mais leves e delicadas. A estrutura da poderosa composição de

Rach foi desfeita. Quando observei o homem em Atenas colocar as pilhas AA nas barrigas dos cavalos, percebi que as letras *AA* eram as iniciais do meu nome de nascimento, Ann Anderson.

Talvez você esteja, ela disse.

Talvez eu esteja o quê?

Procurando por sinais.

Que tipo de sinais?

Razões para viver.

Não foi um sussurro.

Ouvi isso como um refrão, talvez até mesmo um título.

Mais tarde naquela noite, quase pisei num grande inseto caído no chão de pedra do meu quarto. Formigas rastejavam por cima e ao redor dele.

Achei que fosse uma lagarta. E então vi suas pinças e concluí que era um escorpião. Encontrei uma espátula para ovo na gaveta da cozinha, peguei o escorpião e joguei-o da varanda para o jardim. Ele me lembrava a criatura tecida num tapete *kilim* que Arthur tinha na sala de música em Richmond. Com frequência eu o fitara enquanto estudava a exultante "Fantaisie-Impromptu", "Op. 66" de Chopin.

Verifiquei a previsão meteorológica em meu laptop fora do tempo. Haveria um vento de até 28 quilômetros por hora durante a expedição com Vass no dia seguinte. Aparentemente, Tomas – um documentarista de Berlim que era amigo de Max – ia se juntar a nós. Eu aguardava ansiosa a viagem de barco. Era definitivamente uma razão para viver. Quando eu tinha doze anos, Arthur me levou para passar as férias de verão numa casa que havia alugado em Devon, às margens do rio Dart. De manhã trabalhávamos no “Prelúdio e Fuga n.º 2 em dó menor” de Bach antes de eu ser liberada pela parte da tarde. Arthur me revelou Bach. Sua tarefa, disse ele, era despertar tudo o que estava adormecido dentro de mim. E então eu poderia escapar.

Havia um barco amarrado ao cais. Aprendi sozinha a usar os remos e depois deixei a corrente me levar. Deitei-me de costas e observei os pássaros nos juncos e as nuvens em movimento. Sozinha, por fim. Meu corpo era alto e magro. Parecia que meus seios estavam crescendo. Tirei a camiseta e olhei para eles. Eram privados e eram meus. Eu também tinha pelos crescendo. Lá embaixo. Deslizei meus dedos pelo short e pude senti-los, macios e sedosos. O sol inglês caía sobre minha barriga e meus novos seios. A água batia de leve nas laterais do barco.

Quando remei de volta ao cais, havia música na minha cabeça, uma frase que voltou seis vezes. Suponho que fosse uma espécie de diário, mas não estava escrito com palavras. Pássaros, o ruído dos remos na água, perguntas sobre sexo, nenhuma mãe, nenhum pai, um emaranhado de amoras amadurecendo num campo perto da casa da minha infância. Eu tinha feito um pacto com Deus. Se colhesse uma fruta perto daquele campo, morreria. O gesto ia me revelar algo que me mataria. Estava com tanta pressa que arranhei os braços nas cercas vivas enquanto voltava para a casa de férias. Sabia que, em algum lugar da casa, Arthur estava escutando e desaprovava. Afinal, levaria uma vida inteira para aprender a tocar Bach.

5

Vass decidiu partir, afinal. Disse que o vento ia se acalmar. O barco se inclinou para o alto por cerca de vinte minutos depois que saímos do porto. O amigo de Max, Tomas, que ia passar o dia conosco no barco, estava nauseado. Ele tinha cerca de trinta anos e usava óculos redondos de tartaruga. Vass lhe disse para fixar os olhos no horizonte, isso acalmaria seu estômago. Nós dois ficamos olhando para o horizonte. Tinha havido um incêndio florestal em algum lugar do continente, atiçado pelo vento. Uma espessa faixa de fumaça flutuava no céu. Seu cheiro acre também estava no ar. Tomas vomitou imediatamente em suas novas sandálias gregas de couro. Seus óculos haviam caído e agora estavam numa poça de vômito. Vass sugeriu que ele se deitasse na cama no convés inferior. De vez em quando eu era instruída a dar água ao "paciente". Peguei seus óculos e Vass me mostrou como ligar o chuveirinho do convés para limpá-los. Tomas estava deitado de costas. Usava short e uma camiseta branca, agora respingada de vômito. Quando lhe entreguei seus óculos, notei que seus olhos eram azul-acinzentados, talvez da cor da fumaça. Seu cabelo estava desgrenhado e descia até os ombros. Queimaduras de sol nos joelhos, picadas de mosquito nas canelas.

Ele tinha comprado uma caixa de doces para todos nós, disse-me, a caixa estava dentro da sua bolsa, por favor, era para eu me servir, bolos de amêndoa, uma especialidade da região. Meti a mão na bolsa. Ele trazia uma garrafa d'água, um tubo de protetor solar, seis latas de cerveja e um livro sobre a cineasta francesa Agnès Varda. A caixinha de bolo estava amarrada com uma fita verde. Antes de vomitar outra vez, ele me disse que eu era gentil.

Talvez eu seja.

Quando o vento se acalmou e paramos numa baía protegida, Vass mergulhou no oceano, virando-se para baixo, a cabeça primeiro. Segurava um garfo na mão direita, um garfo comum de jantar, e uma sacola plástica azul na mão esquerda. Conseguia prender a respiração debaixo d'água por três minutos enquanto enfiava o garfo no ouriço, girando-o para a esquerda e para a direita, arrancando-o da rocha. Disse-me para fazer o mesmo e juntos mataríamos ouriços suficientes para um banquete ao pôr do sol. Eu também conseguia prender a respiração por muito tempo sob o profundo Egeu, mas precisava emergir com mais frequência do que Vass. Ao meter o garfo no ouriço e sacudi-lo para um lado e para o outro antes de arrancá-lo, tentei proteger os dedos dos espinhos. O sol irrompia na água e eu nadava dentro da luz.

O longo confinamento durante a pandemia melhorara a clareza do mar. Havia muitos ouriços nas rochas. Meu garfo alcançou um deles, meu cabelo azul trançado e preso, braços esticados para fora e para cima. Descobri que eu era cruel. Havia agora cerca de sete ouriços na minha bolsa azul. Quando voltei à superfície para respirar, pude ver Vass ainda debaixo d'água, mexendo com seu garfo. Nadei de volta ao barco, com três espinhos nos dedos.

Tomas havia se recuperado. Ele estava tomando banho nu no convés e cantando. Fiquei fora do caminho enquanto ele se vestia, o que envolvia lavar o vômito de seu short e colocá-lo encharcado. Ele veio até mim, segurando duas latas de cerveja e a caixa com os bolos de amêndoa.

Você é uma máquina de matar num biquíni, ele disse.

Olhamos para a fumaça se movendo pelo céu enquanto bebíamos cerveja. O que me veio à cabeça, transmitido pelo cheiro do incêndio florestal no continente, tinha algo a ver com a queima de palha nas fazendas vizinhas à minha primeira casa em Suffolk. Os agricultores costumavam queimar os restos de feno de modo a abrir espaço para os seus canteiros de sementes no inverno, mas, quando eu tinha cinco anos, o vento soprou forte e houve um grande incêndio. Ele invadira as aldeias vizinhas. A mulher que me ensinou piano nos disse que suas alfaces foram estragadas. As janelas da casa da minha infância tinham ficado abertas e havia uma camada de cinzas no topo do meu piano. O Wurlitzer de armário. As cinzas também tinham sido sopradas para as entranhas do piano. Falou-se em encontrar um novo instrumento para a criança prodígio. O dia em que desci e descobri que o Wurlitzer havia desaparecido foi um golpe. Feito o ouriço sendo violentamente removido de sua rocha. Eu tinha me apegado àquele piano e agora havia uma ausência no espaço onde ele ficava. Uma onda de pânico entrou em meu corpo. Peguei um bolo de amêndoa, doce e úmido, feito marzipã, como se fosse um remédio capaz de aliviar uma dor que ressurgia no presente.

Quando Vass nadou de volta ao barco, Tomas e eu estávamos bêbados. Tínhamos aberto quatro cervejas, e Tomas cantava uma música de Joni Mitchell para mim.

"Big Yellow Taxi". Era muito aguda para ele, que, no entanto, estava gostando do desafio de encontrar dentro de si uma voz totalmente estranha à sua voz profunda. Vass entrou no espírito da coisa e cantou o refrão conosco enquanto abria um ouriço.

O interior das criaturas era viscoso, salgado e intenso. Tomas ainda estava nauseado. Explicou que não poderia comê-los, mas ajudaria a tirar os espinhos dos meus dedos.

Vass me deu uma tigela de água quente e me disse para mergulhar os dedos. Perguntei a Tomas que tipo de filmes ele fazia. Principalmente documentários, ele respondeu. Gostava de Agnès Varda porque uma vez ela dissera que fazia documentários para se lembrar da realidade. Ali estava eu, naquela realidade, feliz da vida no barco de Vass enquanto Tomas removia com uma pinça os espinhos dos meus dedos segurados. Minha mão direita estava apoiada em seu colo e senti sua ereção. Tudo era excitante, os espinhos sendo arrancados dos meus dedos e o desejo dele.

6

Nos primeiros cinco minutos da nossa aula, Marcus me disse qual era o pronome que preferia usar. Elu não tinha certeza de que o piano era seu instrumento. Preferia o violoncelo, mas preferia principalmente seu cachorrinho a qualquer instrumento. Fui apresentada a Skippy com mais entusiasmo do que a qualquer outra coisa. Skippy era um nome sentimental para um cão tão feroz, um pastor-alemão de quinze meses, preto e marrom e apaixonado por Marcus. A primeira coisa que Skippy fez foi tentar comer meu chapéu. O chapéu dela. Por que você sempre usa esse chapéu de feltro, Marcus quis saber.

Eu roubei, respondi. Ê jovem alune olhou para mim com outros olhos.

A certa altura, ouvimos algo se quebrar. É Skippy destruindo tudo, disse Marcus. Você é sensível a ruído?

Contei a elu como o ouvido de Mozart era tão delicado que o som de um trompete próximo demais o fez desmaiar. Marcus começou a rir.

Achei que elu era talentose, apesar da relutância em trabalhar com o piano. Senti que, no caso de Marcus, não era o instrumento que poderia falar em seu nome.

Sugeri que trabalhássemos com o violoncelo, seu segundo instrumento. Marcus tocou para mim a sarabanda da "Suíte n.º 1 para violoncelo" de Bach.

Mas você está prendendo a respiração, eu disse.

A maior parte da aula foi uma conversa. Perguntei a Marcus se elu achava que um relacionamento com nosso instrumento era tão complicado quanto qualquer outro relacionamento na vida.

Depois de um tempo, o violoncelo e ê jovem começaram a respirar juntos. Mesmo assim, Marcus teria que continuar com o piano porque era por isso que eu estava ali. Sentei-me numa cadeira ao seu lado enquanto elu tocava. Quando eu queria corrigir um erro, levantava seu pulso das teclas. Você está roubando minha mão, disse Marcus, como roubou o chapéu.

Tomei a decisão de nunca mais fazer isso.

A mãe norueguesa parecia orgulhosa de sue filhe exuberante e encantadore. Quando saí, ela disse, Sabemos do concerto em Viena, todo mundo sabe, mas, no que me diz respeito, sinto-me sortuda por ter você aqui. Colocou noventa euros na mesa e fingiu rolar a tela do telefone enquanto eu pegava as notas e as colocava na bolsa.

Gosto de ouvi-lo tocar violoncelo, disse ela. Aquece a casa.

Parecia que Marcus não havia compartilhado o pronome de sua escolha com a família. Ela me contou algumas de suas memórias de seu país natal, como os camarões são saborosos em janeiro, quando a água está fria, e também os suculentos lagostins que ela costumava comprar num barco no Porto de Oslo.

Oi!, ela gritou para ê filhe.

Oi!, Marcus gritou de volta.

Ela usava batom cor de damasco, o cabelo louro preso num coque alto, estilo Brigitte Bardot. Os pequenos diamantes em suas orelhas, do tamanho de cabeças de alfinete, brilhavam em seus lóbulos como pequenas lágrimas.

Convidei Marcus para tomar um sorvete comigo num café local. Sentia-me à vontade em sua companhia. Marcus disse que preferia uma limonada, que engoliu em três segundos. A garotada na aldeia sempre ê convidava para entrar para a orquestra local. Por que não? Você gosta de tocar com outros músicos, não gosta? Elu admitiu que era verdade, mas havia problemas. Que tipo de problemas? Marcus puxou a margarida do chinelo direito e de alguma forma conseguiu arrancá-la. O resto do nosso encontro foi para descobrir como colocá-la de volta na cruz junto ao dedo do pé. Enquanto fazíamos isso, Marcus me disse onde comprar chinelos gregos. Eles eram originalmente feitos de couro, disse, com cinquenta pregos cravados na sola. Cada chinelo tinha um grande pompom de lã na ponta. Aparentemente, na Revolução Grega, o pompom era um esconderijo para objetos pontiagudos – então, Marcus riu, você poderia sacar uma adaga escondida em seu pompom.

Elu perguntou por que eu tinha roubado o chapéu. Eu lhe falei da mulher que botou as mãos nos cavalos antes de mim. Marcus achou que era uma situação maluca. Queria saber a respeito de Arthur Goldstein.

Acho que ele está desapontado comigo, eu disse.

Sim, Marcus disse. Meu pai também está decepcionado comigo. Eu deveria ser seu pequeno eu, mas vou deixar isso para meu irmão mais velho.

Onde estava o irmão delu?

Internato na Inglaterra.

Elu chupava o canudo. O copo estava vazio e fazia um ruído sibilante. O vento jogou para o ar os guardanapos brancos da nossa mesa, que flutuaram por um tempo acima de nossas cabeças.

Marcus estendeu a mão para tocar meu cabelo.

Sou de um azul natural, eu disse. Trouxe três aerossóis de corante comigo. A propósito, quero que você estude a "Sonata para piano n.º 1 em dó menor" de Brahms, "Op. 49".

Mesmo para ume alune excepcionalmente talentose como Marcus, era uma tarefa impossível.

Vi fotos de Arthur Goldstein. Marcus fingiu que não tinha me ouvido. Ele é quase do mesmo tamanho que Skippy. E é gay.

Sim, eu disse, não havia um dia em que ele vivesse sem a ameaça de violência e ridicularização, especialmente quando era mais jovem. Afinal, nasceu em 1941. Não foi fácil para ele me adotar, mas o fato de ser respeitado internacionalmente como professor ajudou. Contei a Marcus como ele me disse, aos seis anos, Se cabe a mim ensiná-la, vou te levar para muito longe da vida tal como você a conhece.

Eu gostaria que você me levasse para longe dos meus pais, Marcus disse. Por que não abre uma escola?

Expliquei que eu também frequentara uma escola comum. Não havia alunos residentes na escola de Arthur, exceto eu. Apenas aulas, concertos e cursos de verão. Arthur queria que aprendêssemos a tocar juntos, a ser menos fortuitos. Quando eu estava com dezesseis anos, apaixonei-me pelo diretor de um conservatório na Estônia que frequentava a escola de verão para nos ouvir tocar. Ele tinha a idade que tenho agora, trinta e quatro anos, era bonito, carismático. Achava que Arthur havia negligenciado aspectos da minha técnica e eu me sentia atordoada de anseio e lascívia. Tocando um dueto com ele, quase desmaiei, seus cotovelos e dedos tão próximos dos meus, mas quando Arthur percebeu isso, ficou transtornado e lhe disse para fazer as malas e voltar para a Estônia. Quando perguntei por quê, Arthur disse, O que você quer dizer com "por quê"? Porque estou apaixonado por ele e ele preferiu minha melhor aluna. Marcus riu.

Talvez o homem da Estônia gostasse de homens mais altos?

Enquanto isso, eu disse, você também pode estudar a emocionante "Sonata para violoncelo solo" de Ligeti.

Qualquer coisa para fugir do papai trabalhando em casa, disse Marcus.

Parecia-me que o pai delu já havia escrito a composição de filhe. Isso me enfurecia por motivos particulares. Eu tinha passado uma aula inteira incentivando ê jovem a não prender a respiração, então perguntei a Marcus como fazia para relaxar.

Gosto de dançar com Skippy ouvindo Prince.

Gosto de assistir a Isadora Duncan dançando no YouTube.

Quem?

A mãe da dança moderna.

Moderna de quando?

Ela nasceu em 1877.

7

Eu começava uma amizade com Tomas, que tinha passado mal no barco. Ele ia se mudar para Paris nas próximas semanas a fim de escrever seu documentário sobre Agnès Varda. Alugamos *scooters* e dirigimos pela ilha. Ele era um motorista cauteloso, e muitas vezes eu o ultrapassava, buzinando alto. Todos os motoristas de táxi na rua também o ultrapassavam, assim como um homem de 75 anos numa bicicleta.

Ele queria saber mais sobre minha vida como pianista de concerto.

Percebi que estava prendendo a respiração.

Talvez minha vida tivesse se despedaçado a tal ponto que não havia sentido em voltar a juntar tudo por Tomas.

Sozinha com as teias de aranha no chalé em Poros, fiz uma salada com melancia e queijo feta. Às vezes ouvia a ressonância noturna da mulher que comprara os cavalos. Escutava seu tom, anotando-o, criando uma espécie de partitura enquanto o sol deslizava lentamente para dentro do mar brilhante. Isadora Duncan também estava em meus pensamentos, como de hábito. Mais do que todas as outras pessoas, ela acreditava no que chamava de liberdade de expressão: "Vou lhes mostrar como o corpo humano dançante pode ser belo quando inspirado por pensamentos".

Presumivelmente, ela se referia aos pensamentos que a moviam para cima e para fora.

Há pensamentos que me movem para dentro e para baixo.

É tão abjeto expressar essa solidão dentro de mim. Não sei ao certo se posso me dar a liberdade de encontrar uma linguagem na música para revelá-la. Afinal, aprendi a escondê-la. Os velhos mestres são meu escudo. Beethoven. Bach. Rachmaninov. Schumann. Suas vidas interiores são incomensuravelmente valiosas.

Você está usando o verbo no presente, ela diz.

Eu me vejo de relance no espelho usando o chapéu dela.

Talvez eu esteja.

Talvez você esteja o quê?

Procurando razões para viver.

Ainda havia um espinho de ouriço em meu dedo enquanto eu ouvia as notícias do mundo no laptop. O queijo feta salgado. A doce e suculenta melancia. As borboletas pousando na nespereira do jardim. A voz robótica do apresentador lendo as notícias. Cigarras. Figos caindo das árvores. Risos no jardim lá embaixo.

Eu nunca deveria ter sintonizado no noticiário.

No fundo de mim, fundo, fundo, sem âncora, aquela raiva voltada a quem tinha feito o conteúdo do noticiário. A mesma velha linguagem. A mesma composição. Repetida sem cessar. Com o tempo, haveria uma estátua para homenageá-los em todas as cidades do mundo.

Ao lado de seus duplos de bronze, os traficantes de escravos e os capitães do império.

Talvez eu esteja.
Talvez você esteja o quê?
Esmagada.

Naquela noite, enquanto eu continuava a escrever, cancelei meus pensamentos mais tristes. Isso não os fez ir embora, mas eu ainda estava apaixonada pelos pés e braços nus de Isadora. Era uma forma de estar no mundo. Para cima e para fora.

8

A aula seguinte com Marcus foi turbulenta. Elu parecia ter brigado com o pai e obviamente andara chorando. Sugeri que tocasse violoncelo e eu improvisasse no piano. Fizemos isso por um tempo.

Fiquei impressionada com a postura de Marcus enquanto elu tocava, sua graça e atenção. Eu estava errada ao pensar que elu não levava nada a sério. No intervalo, assistimos aos vídeos de Isadora no meu celular. Podíamos ouvir os pais delu discutindo lá em cima. Steve estava trabalhando em casa, e isso era um problema para sue filhe e sua esposa. Ele era uma grande presença. Poderíamos tentar dançar como ela, sugeri.

Você dança, disse Marcus, eu assumo o piano. O que devo tocar?

Encontramos a partitura de uma sonata de Schubert e Marcus tomou meu lugar no banco do piano. Desamarrei minhas novas sandálias gregas brancas de couro e afrouxei minha trança. Era estranho e ridículo tentar imitar uma linguagem tão peculiar e arcaica. Um estilo de dança que se aproximava do balé, mas que havia rompido com a maioria de suas convenções. Depois de um tempo, decidi que era mais interessante respeitá-lo do que zombar dele.

Erguer o braço direito e depois a mão esquerda e transmitir uma resposta à humilhação do Salão Dourado em Viena me aproximou mais do que desejava dos pensamentos que tinha cancelado. Marcus alinhou a música com minha dança conforme elu a sentia, de modo que no final estava improvisando com Schubert, mas criando algo diferente. Percebi que Marcus tinha uma inteligência musical profunda. Depois de um tempo, elu sugeriu que trocássemos de lugar. Que tal eu interpretar Schubert e elu faria a Isadora?

Com Marcus, tratava-se de pular, correr e cair, os braços estendidos para os deuses, implorando, suplicando, escapando de sua ira e de seu trovão. Schubert não era a atmosfera adequada, então toquei outra coisa. A porta para a sala de estudos de repente se abriu. Alguém a chutara do outro lado. O pai de Marcus entrou, trazendo um prato de espaguete à bolonhesa. Estava tentando trabalhar no computador no porão, disse ele, mas havia aquela barulhada vindo da sala de estudos. Agora ele queria almoçar e o barulho era ainda pior. Perguntou-me na frente de sue filhe se eu era professora de dança ou professora de música. Ele estava me pagando pelo quê? Se eu era professora de dança, o preço seria inferior ao de uma virtuose do piano mundialmente famosa dando aulas ao seu filho.

Um músico precisa sentir Schubert no corpo para tocar com sensibilidade, respondi.

Marcus estava congelade, ajoelhade no chão, os braços e a cabeça erguidos em direção ao teto.

Levante-se, homenzinho, orientou o pai.

Marcus se recusou a se levantar.

Steve foi até sue filhe. Novamente, pediu a Marcus que se levantasse. Estava furioso. Ira fria. Marcus fitava a parede e não se movia. Estava ajoelhade sobre o joelho esquerdo, a perna direita estendida, os dedos dos pés apontando para fora estilo balé. Os olhos de Steve se voltaram para a janela, como se de repente ele temesse que estivéssemos sendo observados por um transeunte casual. Lá fora o mar estava calmo. Dois ciprestes se estendiam na direção do céu. Ele me disse que eu estava demitida e saiu da sala.

Sugeri que levássemos Skippy para um passeio até o porto. Descemos correndo os degraus em direção ao mar. Parecia-me que o dia tinha sido cheio de beleza, violência e tragédia.

Sabe do que mais, Marcus, dê um tempo com o piano e volte a tocar seu violoncelo. Tenho uma amiga em Atenas que é violoncelista. Seu nome é Bella, ela vai te ensinar violoncelo melhor do que eu.

Marcus pegou uma pequena pinha que estava no caminho e colocou-a no bolso.

Vocês podem tocar duetos juntes. O violoncelo é o segundo instrumento dela. Seu dever de casa é compor algo de sua autoria que dure dois minutos e doze segundos. Isso é difícil de fazer, mas é a única regra.

Bem, disse Marcus, nunca sei o que estou fazendo no violoncelo.

Eu disse a elu que Isadora tinha certeza de que, se pudesse dizer tudo sobre o que aquilo significava, não faria sentido dançar.

Os cadarços das minhas sandálias tinham se desamarrado. Marcus e o cachorro tiveram que esperar enquanto eu me sentava num banco para entrecruzar as tiras de couro branco nas canelas. Um nó à esquerda, novamente à direita. A língua rosada e molhada do cachorro pendendo para fora da boca, os olhos fitando Marcus com devoção. Quando você voltar para Londres, disse Marcus, encorajado pelo amor de Skippy e pelo fato de eu não parecer nem um pouco chateada por ter sido demitida, por favor, pare de usar esse chapéu. Por que não compra um gorro de lã com bolinhas?

9

Tomas e eu decidimos beber um bocado de álcool em nosso bar favorito. Sentamo-nos num banco vacilante de madeira, os joelhos encostados, um pôster de Salvador Dalí preso na parede diante de nós.

Então, disse ele, olhando para mim através dos óculos de tartaruga, agora que você foi demitida e precisa deixar seu belo chalé, vamos conversar sobre o modo como dirige.

O que tem o modo como dirijo?

É evidente, disse ele, que você é uma motorista imprudente e não valoriza sua vida.

É evidente, respondi, que você tem muito medo de perder a vida.

Ah, ele suspirou, então somos uma mistura perfeita, você precisa de mais medo e eu preciso de menos.

Pedimos outra rodada de margaritas.

Ele estava curioso sobre os vestidos que eu usava nos meus concertos. Onde eles estavam? Os vestidos estavam pendurados no meu guarda-roupa em Londres. Era como se pertencessem a alguém que havia morrido. Sempre sem mangas. Às vezes, decotados nas costas. A maioria feita de tecidos fluidos que podiam ser guardados na mala para as viagens. Perguntei o que ele usava para escrever seus roteiros de documentários.

Ali na Grécia ele usava shorts e às vezes um sarongue. Em Berlim era mais dos jeans e suéteres. Em Paris ele usava calças mais leves, talvez até terno se tivesse uma reunião com executivos. Ressaltou que eu era mais alta que ele. Perguntava-se se meus pais também eram altos.

Não, respondi, meu pai é praticamente um anão.

Eu estava me referindo a Arthur. Não queria de jeito nenhum entrar na história da adoção.

Tomas começou a cantar "Moonage Daydream" para sua margarita.

Eu sabia que meu pai biológico não era nomeado nos documentos. Arthur me disse que ele não era importante, que aquele homem não quisera reconhecer meu nascimento. Talvez fosse alto. Talvez minha mãe biológica fosse alta. Talvez eu tenha sido concebida num burro morto com órbitas oculares podres. O que eu sabia?

Gostaria de te conhecer melhor, disse Tomas.

Como era minha última noite em Poros, saímos para nadar numa praia chamada Love Bay às duas da manhã. A baía era cercada por uma floresta de pinheiros, com águas azuis calmas e planas como um lago.

Não deixe escapar, não deixe escapar, ouvi meu duplo dizer.

Não deixe o que escapar?

Tirei a roupa e deixei na areia. Não me sentia à vontade com meu corpo, nem mesmo na escuridão da noite. Ele não tinha sido amado talvez desde sempre. Estava intocado por um amante havia muito tempo. Eu não sabia o que fazer com ele quando não estava conversando com um piano. Ou como responder ao modo como Tomas olhou para a joia verde perfurada no meu umbigo.

Entramos na água fria e tranquila e, quando mergulhamos, continuei a conversa com a mulher que havia comprado os cavalos. Meus cavalos.

Sim, ela disse, você puxou a cauda para cima. Não deixe escapar.

Nadei até Tomas. Aproximamo-nos. Coloquei meus braços em volta de seu pescoço e meus lábios estavam em seus lábios. Ele tremia, embora fosse uma noite quente. Seu desejo era mais forte que o meu. De repente, suas mãos estavam por toda parte em meu corpo e seus dedos dentro de mim.

Não era o que eu queria.

Sim, ela disse, mas que tempestade é maior do que dois humanos nus se beijando? Você puxou a cauda para cima e pensou nisso, mas não quer fazer amor em Love Bay. Isso é aceitável. Talvez o beijo seja um ensaio para outra pessoa, como um concerto?

Afastei-me de Tomas e nadei em direção aos pinheiros. Ele me alcançou e tentou me beijar novamente.

Não, eu disse, não quero fazer amor em Love Bay.

Ele parecia desapontado e magoado, mas achei que não era a pior coisa que lhe acontecera na vida. O que você faz se não houver desejo equivalente? Ou, pelo menos, desejo suficiente?

Você se afasta, meu duplo disse. O desejo nunca é justo.

Tomas nadou sozinho por um tempo. E então me alcançou.

Mudei de ideia, ele disse. Você não é gentil.

Deitamos de costas e respiramos o cheiro dos pinheiros.

Por que eu faria sexo com você para ser gentil?

Ele riu e eu ri, mas não era o que queríamos dizer, então demos uma cambalhota debaixo d'água para não ter que falar.

10

Lamentei deixar a Grécia. Eu sabia que estava fugindo de tudo, mas não queria cravar um garfo na minha vida e observá-la tão de perto. Marcus me acompanhou até o porto. O pai delu, que tanto fazia questão de policiar o corpo de sue filhe com suas provocações – a história do *rapazinho* –, estava sozinho bebendo uma garrafa de uísque na praia. Contei a Vass o que havia acontecido. Ele ofereceu a Marcus um emprego para limpar seu barco aos sábados para que elu pudesse fugir do Steve de Baltimore. Aparentemente, ele fora visto sentado em várias tavernas gritando ordens, mas ninguém lhe dava ouvidos, nem mesmo para lhe servir um copo d'água. Ainda assim, eu me sentia ansiosa pensando que ele poderia fazer sue filhe chorar novamente. A mãe de Marcus concordou em fazer três aulas com Bella. Quando liguei para minha velha amiga a fim de lhe contar que tinha sido demitida e para confirmar que ela tinha um modesto emprego, Bella me disse que estava satisfeita por passar os dias fazendo sexo interminável com Max. Estar desempregada não era tão ruim. No momento, tinha dinheiro para comprar pão, algumas azeitonas e tomates e todo o vinho barato que conseguisse suportar. Francamente, ela e Max só acordavam às seis da tarde, mas tudo bem, ela aceitaria o emprego, obrigada, e como foram as coisas com Tomas?

Eram os últimos dias de setembro. O mar ainda estava quente, mas agora fazia mais frio à noite. Eu estava satisfeita por usar meu chapéu. O chapéu dela.

Tinha colocado um ramo de jasmim sob a fita. Agora, então, ouvia na minha cabeça, sob o chapéu, o zumbido baixo das abelhas que trabalhavam dentro do arbusto de jasmim. Como um drone ou algo prestes a explodir.

11
Londres, outubro

Eu estava no norte de Londres quando vi a mulher que comprou os cavalos. Achei que ela parecia incerta quanto a olhar em minha direção. Eu estava sentada com Rajesh num café turco em Green Lanes. Como sempre, estava tudo engarrafado, mas antigamente, Rajesh me contou, Green Lanes já tinha sido o caminho por onde o gado era levado de Hertford para ser abatido no leste de Londres. Muitas vezes, com cachorros mantendo os animais enfileirados.

Rajesh nascera em Dublin e falava irlandês fluentemente. Tinha um bom ouvido para línguas, mas o clarinete, dizia ele, era sua primeira língua. Havia pedido o que se chamava Café da Manhã para Dois. Chegou com três ovos fritos para compartilhar entre duas pessoas, então, quando a vi andando pela Green Lanes, tomei isso como um sinal de que ela deveria se juntar a nós. Levantei-me e fui até a janela com a ideia de lhe oferecer o terceiro ovo. Seu cabelo estava preso num coque, amarrado com uma rede enfeitada com pequenas pérolas vermelhas.

Mais uma vez, seu rosto estava obscurecido pela máscara cirúrgica azul esticada sobre o nariz e o queixo. Não usava seu chapéu de feltro porque ele estava comigo. Se eu estava surpresa ao vê-la, ela parecia preocupada, com a atenção voltada a outro lugar. Estava perto de uma padaria turca chamada Yasar Halim, olhando para o telefone que tinha na mão. Talvez estivesse perdida? Havia algo de derrota na inclinação de seus ombros, o que me perturbou, porque em Atenas ela estava muito animada. Era um dia frio e ela usava uma blusa de gola alta com jeans largos e uma jaqueta sobre os ombros, uma jaqueta listrada com forro rosa que lembrava muito uma jaqueta que eu tinha. A certa altura, ela tirou a máscara por três segundos. Como se para respirar com mais facilidade. Inspirar, expirar, inspirar, expirar, e então colocou a máscara de volta.

Rajesh estava sentado sozinho, porque eu estava de pé junto à janela. Ele comia pimentões verdes compridos, bolinhos de queijo feta, uma salada de pepino, azeitonas, tomates e *halloumi*.

O que está acontecendo, Elsa?

Volta e meia eu vejo aquela mulher, respondi.

Você conhece?

Vi em Atenas.

Por que não vai lá fora dizer oi? Ele meteu a colher numa tigela de mel e começou a deixar cair pingos num pedaço de pão.

Só o que eu sabia era que não deveria ir fisicamente para a rua cumprimentá-la. Sabia que ela estava lá, mas não queria assustá-la. Senti isso com grande urgência. Ela sabia que eu estava ali também, mas, ainda assim, se recusava a olhar em minha direção. Perguntei-me se ela talvez sentisse vergonha de mim. Algo estava acontecendo no céu. Bandos de pombos haviam pousado num telhado acima da padaria. E então subiram em grupo até o alto da chaminé e voaram juntos para outro telhado. Também não estavam felizes ali. Ninguém notou os pássaros angustiados no telhado porque estavam olhando para a frente. Mas ela estava olhando para cima, e eu estava olhando para onde ela estava olhando.

Seu chapéu está comigo, eu lhe disse mentalmente. Vou devolvê-lo quando você devolver os cavalos.

Não se trata de devolver os cavalos, ela respondeu. Só porque você os deseja não significa que pode tê-los. Sua voz era suave. Uniforme. Ela caminhou em direção a uma loja que vendia joias de ouro para casamento e olhou com indiferença para as pulseiras, anéis e colares.

Então, como está indo? Rajesh perguntou, embora eu estivesse de costas para ele. Ah, tudo bem, você poderia passar o pão?, obrigada. Eu ainda estava parada perto da janela. Ele passava o pão e as compotas diversas para alguém que não estava ali, para um espaço vazio. O chapéu de feltro estava na cadeira ao lado dele.

As lojas descartavam o lixo em sacos pretos ao longo de toda a Green Lanes. À noite, as raposas da cidade, que eu sabia que podiam emitir pelo menos 27 sons diferentes, saíam em busca de comida para alimentar seus filhotes. Havia também máscaras cirúrgicas, azuis, pretas, rosa, jazendo descartadas junto aos postes de luz e às bicicletas presas com cadeados. Todo mundo tinha se acostumado a elas. As máscaras estavam encharcadas de saliva e ranho. Algumas pessoas se referiam às máscaras como focinheiras e se recusavam a usá-las. Talvez ela não fosse meu duplo afinal. Não tinha energia em seu corpo. Quando desapareceu na direção da Turnpike Lane, concluí que se tratava de um caso de identidade trocada.

Por fim me sentei.

Então, você não quer dizer oi a ela?

Sacudi a cabeça.

A propósito, Rajesh disse, hã... este é um café da manhã para ser compartilhado. Até agora, só o compartilhei comigo mesmo. Como é estar de volta a Londres?

Contei a ele por que fui demitida do meu emprego em Poros. Ele riu por cerca de dois minutos e depois riu novamente por doze segundos. Lágrimas escorreram por seu rosto. Ele as enxugou com o guardanapo branco engomado.

Que diabo, Elsa? Por favor, Isadora Duncan era ridícula.

Ela tinha que ser, respondi, porque estava criando algo novo. Foi a mãe da dança moderna.

E então contei a ele sobre as formigas correndo na borda da banheira do meu apartamento em Londres. Havia um formigueiro em algum lugar do banheiro. Todos os dias aquelas formigas corriam em filas deliberadas ao meu redor enquanto eu tomava banho. Não havia nada para comer, exceto sabonete, xampu e pasta de dente. Rajesh sugeriu que eu comprasse três armadilhas para formigas. Elas corriam para a isca de néctar envenenado dentro da armadilha e envenenavam o formigueiro. Fiquei escutando, mas não me senti realmente motivada. Então você tem que descobrir de onde elas estão saindo e selar a entrada, ele disse. Era como se as formigas tivessem encontrado um portal para o meu mundo. Os cavalos também eram um portal para outro mundo.

Talvez não sejam.

Talvez não sejam o quê?

Um portal. Seja como for, esse mundo está dentro de você.

Eu queria continuar essa conversa com ela, mas perdemos o sinal em Green Lanes.

Contei a Rajesh que, desde que eu havia esculhambado o Rach, eu me via saindo do apartamento e depois dando meia-volta para verificar se havia desligado o fogão a gás. Ele disse que fazia coisas similares. No momento, estava preocupado que sua geladeira fosse explodir. E por quê? Ela fazia um som como uma espécie de lamento à noite. Ele também estava arrasado com seu ganho de peso. Durante o confinamento, não conseguia parar de comer. Todos os dias ansiava por carboidratos. *Scones*, *soda bread*, *crumpets*, *biscuits* de todos os tipos, principalmente os de cardamomo vendidos na confeitaria indiana perto da Turnpike Lane. Na verdade, durante o primeiro confinamento, em meio aos estudos da "Serenata para clarinete e piano" de Schubert, ele encontrou uma mercearia que fornecia os seus pãezinhos de Páscoa favoritos todos os dias do ano.

Não fale de Schubert, estremeci.

É muito reconfortante tocar quando há pessoas morrendo na rua, ele respondeu, mas, de todo modo, se ressentia da oferta infinita daqueles pãezinhos de Páscoa. O tempo já havia se tornado estranho o suficiente na pandemia. Seus grandes momentos durante o grande confinamento eram preparar o jantar e comê-lo na banheira.

Por que na banheira?

Eu também via filmes na banheira. Você acha que estou gordo?

Os botões de sua camisa estavam repuxados e sua barriga caía por cima da cintura.

Não, eu disse, de jeito nenhum.

Seja como for, ele continuou, o que realmente me fazia falta nos confinamentos era comprar um café. Bebericar um espresso com espuma. Se minha identidade é tão frágil que depende de um espresso com espuma para mantê-la coesa, não consigo entender o sentido daqueles anos que passei lendo teorias e filosofias difíceis. O capitalismo me vendeu um espresso com espuma como se fosse uma xícara de liberdade.

Agora que não tinha trabalho, ele fazia compras para seus vizinhos idosos, Alizée e Paul, o que era um alívio. Dava alguma estrutura ao seu dia e fazia com que se sentisse útil, mas também o aborrecia. Eles haviam aguentado um longo casamento, sessenta anos juntos, as mãos sempre entrelaçadas, terminando as frases um do outro, prevendo as necessidades um do outro.

Seus outros vizinhos gostavam de astrologia e heroína. Disseram-lhe que suas cores da sorte eram roxo e dourado; seus números de harmonia, três e nove; seu pássaro da sorte, um abutre. Mas o que isso significava para ele, sozinho com seu clarinete, sozinho com sua geladeira queixosa e os pãezinhos de Páscoa o ano todo, sem abutres à vista em Salisbury Road?

E ele não cabia mais em suas calças.

Quem faria sexo com um viciado em pãezinhos de passas, deprimido e com excesso de peso? Ele nem queria fazer sexo consigo mesmo. Quando às vezes tentava cativar seu pênis até o êxtase, não encontrava resposta. Enquanto isso, ele disse, veja os caras deste restaurante turco, cortando pimentões para grelhar em espetos mais tarde. Outra pessoa cortava tomates, pepinos e cebolas para as saladas, e eram só 9h30, horário do Reino Unido. Era uma sensação boa, disse Rajesh, apontando para os homens de avental branco que dissecavam meio cordeiro disposto sobre uma placa de mármore, ver aquela preparação para o jantar, embora ele fosse vegetariano – tudo bem, ele comia peixe, mas pelo menos peixes não tinham cascos.

Alguns dias ele achava que era o fim do mundo, mas não era verdade que gerações antes de nós sempre tinham achado isso? Além do mais, estava sentindo falta da ex-mulher.

Você quer dizer Bella, eu interrompi.

Sim, Bella, ele concordou. A maneira como ela fazia com que ele se sentisse amado no começo, a maneira como fazia com que ele se sentisse desamado no final, mas ele abotoaria o casaco dela quando ela quisesse. Sentia sua falta e seguraria um guarda-chuva aberto sobre sua cabeça na chuva. Realmente, ele gostaria de ter conduzido melhor as coisas com Bella, mas quando a munição estava voando era difícil ser um estadista e estabelecer a paz, as feridas eram profundas demais e eles tinham se conhecido tão jovens, quando ele era ainda mais idiota do que agora. Não contei a ele que Bella estava desfrutando de tanto sexo e vinho quanto tinha condições de suportar em Atenas.

Rajesh queria saber para quem eu ia dar aulas em seguida. Uma jovem de dezesseis anos em Paris. Seu nome era Aimée. Eu ficaria num apartamento vazio pertencente à avó dela.

É bom que você tenha algum trabalho no exterior, disse ele, mas, francamente, por que não cria uma escola de verão num castelo na Europa e emprega a todos nós? Estou completamente duro.

Eu estava prestes a falar da mensagem de Bella sobre ele pagar seis meses das prestações da casa, mas novamente decidi não fazê-lo.

Conversamos sobre Arthur. Rajesh me lembrou da época em que ele ainda regia. Como, depois de terminar um concerto, o assistente dele lhe passava um cálice de Bénédictine e um cigarro nos bastidores.

Ele caminha todos os dias e está em ótima forma para um homem de oitenta anos, eu disse a Rajesh. A Sardenha lhe faz bem. Ele gosta do sol. Gosta do vinho. Tem gostos muito conservadores quando se trata de comida. Aparentemente, seu vizinho, Andrew, é inglês. Prepara *shepherd's pie* para Arthur e depois congela para que ele mesmo possa aquecê-la à noite. A culinária italiana é algo que ultrapassa Arthur. Esse vizinho também resolve as questões da energia elétrica. Ela vem de um gerador e cai o tempo todo.

O que o levou à Sardenha para começo de conversa?

Ele diz que o amor é mais possível no sul.

Ele é ridículo.

Por todas essas razões, eu o amo, eu disse.

Mostrei a Rajesh um cartão-postal de Arthur que acabara de chegar em meu apartamento em Londres.

Envie-me suas mãos higienizadas para que eu possa segurá-las junto ao meu velho coração.

Não leia os cartões-postais dele, disse Rajesh. Ele é louco. Isso é sabido. Sacuda a poeira e suba ao palco de novo. Todo mundo sabe que você é uma rainha.

Talvez eu seja.

O que faremos com os ovos?

Ali estava ele, nosso café da manhã para dois. Rajesh tinha comido um deles. Dois ovos sobrando.

Rajesh arrematou outro com o resto do pão. Divirta-se em Paris, disse, te amo.

Qual é o sentido de dizer *te amo* e deixar de fora o *eu*?

Talvez tenha sido isso que incomodou Bella.

O garçom chegou com a conta e eu coloquei o chapéu de feltro.

Eu cuido disso, disse a Rajesh.

Ele fez um barulho vagamente triste sobre dividir a conta. Se era assim que ele falava com seu pênis, não era de admirar que ele relutasse em ser cativado.

Obrigado, ele disse, preparo um almoço para você no Natal.

O último ovo estava na travessa, brilhante e intocado. Feito o piano Steinway no meu apartamento térreo em Londres. Na noite anterior, eu havia colocado um lençol sobre o piano e então ri porque me lembrei de Vass me contando que havia capturado uma sereia e amarrado-a em suas redes antes que ela pudesse encantá-lo.

Talvez você devesse.

Talvez eu devesse o quê?

Só rir e sorrir quando for sincero.

A mulher que comprou os cavalos tinha passado de novo. Às vezes ela queria apagar o sorriso do meu rosto.

A propósito, Rajesh tentou parecer casualmente indiferente, você viu Bella em Atenas?

Sim, durante uns cinco minutos.

Ele agora estava com um garfo na mão, o que me lembrou que eu havia trazido um presente da Grécia para ele.

Tenho uma coisa para você, eu disse e, enfiando a mão no bolso da capa de chuva verde, entreguei a ele um dos ouriços que havia apanhado no mergulho com Vass. Agora ele era apenas um esqueleto, uma concha, sem agulhas vivas e trêmulas. Talvez se assemelhasse ao estado atual do seu finado casamento.

Também tenho um presentinho para você levar para Paris. Rajesh tirou algo de sua sacola, que tinha o nome de uma loja de vaporizador escrito no meio. Parecia ser um plugue. Com um pequeno aquecedor conectado. Um aquecedor portátil. Ele encostou a cabeça no meu ombro e começou a explicar como funcionava.

Eu te amo, Rajesh, eu disse, e estava falando sério.

O garçom começou a retirar nosso café da manhã para dois. Ficamos onde estávamos, a cabeça dele apoiada em meu ombro enquanto ele falava de novo sobre os animais que outrora caminhavam de Hertfordshire por Green Lanes em direção ao abate. Naquela época, ele disse, teríamos ouvido o serrar e martelar de pedreiros, carpinteiros e ferreiros. Além disso, provavelmente, o barulho de coches e carroças sobre paralelepípedos. Olhamos pela janela para as pessoas fazendo compras na rua principal. O pior da pandemia já tinha passado, mas todos pareciam atordoados e abatidos. Uma adolescente que esperava no sinal comia um doce em formato de cobra. A cabeça estava presa entre os seus dentes. Quando o sinal abriu, o corpo havia mais ou menos desaparecido em sua boca. Exceto pela ponta da cauda.

Pensei outra vez no homem de Atenas que tinha vendido os cavalos dançantes à mulher que se parecia muito comigo. Sobre como ele havia explicado que, para começar a dança, ela devia levantar a cauda e, para interrompê-la, puxar a cauda para baixo.

No entanto, aquela jovem estava comendo a cauda.

12

Tive de esperar uma hora antes de embarcar no Eurostar para Paris. Os tijolos vermelhos rústicos e o alto teto abobadado da estação St. Pancras International de Londres, na Euston Road, eram graciosos e calmantes. A instalação de Tracey Emin, *I Want My Time with You* [Quero meu tempo com você], fluía em letras rosa neon sobre os tijolos; ao lado, uma estátua de bronze em tamanho real de um homem e uma mulher se abraçando. As pessoas tinham começado a viajar de novo. Fiquei observando os passageiros andando pela área de compras da estação, a maioria arrastando suas malas de rodinhas. Alguns carregavam mochilas, outros empurravam malas pesadas e volumosas. Qualquer pessoa com uma mala grande parecia mais desamparada e sobrecarregada do que os que levavam bagagem portátil. Até onde eu podia ver, éramos viajantes, clientes, turistas. A chave do meu apartamento em Londres estava guardada em segurança na lateral da minha bolsa. Eu sabia onde estavam a manteiga e as lâmpadas, a espuma para banho, a faca de pão e a pedrinha furada. No entanto, parecia-me que a qualquer momento a realidade poderia mudar. As inundações, as secas e as guerras iriam nos levar a carregar nossos colchões e cobertores para a estação ferroviária, talvez com um pequeno objeto para dar sorte. Se fosse o fim do mundo, minha mãe biológica iria querer me encontrar?

Olhei para a estátua de bronze e tentei descobrir se o abraço era um oi ou um adeus.

Depois de um tempo, sentei-me no banquinho diante de um dos pianos que haviam sido doados à estação, um Yamaha arranhado, surrado e desafinado. Meus dedos encontraram as teclas e comecei a tocar as seções de piano do "Concerto para piano n.º 2" de Rachmaninov. Não era fácil honrar o controle de timbre de Rach ou a execução nítida no Yamaha, nem seu uso meticuloso de pedais. Eu podia sentir o poder de sua trovejante mão esquerda na minha mão esquerda. Passageiros com tempo sobrando reuniram-se em volta do piano enquanto eu deixava Rach confiar em mim novamente.

Alguns me filmaram com seus telefones. Um homem de gravata-borboleta amarela sentou-se no chão perto do piano e calçou as meias que tinha acabado de comprar.

Toquei por cerca de dezesseis minutos antes de fechar a tampa do piano surrado e fazer uma reverência para a multidão que aplaudia. Era hora de passar pela segurança.

Enquanto eu abria o zíper da bolsa para pegar meu passaporte, uma mulher de seus cinquenta anos caminhou em direção ao piano e me presenteou com um ramo de girassóis. Pela embalagem, vi que ela os havia comprado na floricultura cara que havia ali. Ela me contou que às quintas e sextas-feiras viajava de Margate até Londres para trabalhar num supermercado. Estava esperando o trem para casa. O Rachmaninov a levou para longe, ela disse. Até a fez esquecer que estava viva.

O piano ficava bem em frente ao café Le Pain Quotidien, que, suponho, traduzia-se para O Pão Cotidiano. Agradeci pelas flores, que eu sabia que teriam custado mais do que ela ganhava em uma hora no supermercado. Quando a tela de embarque nos informou que os trens para Brussels Midi, Dover Priory, Paris Nord e Margate estavam no horário, ela procurou uma máscara na bolsa. Eu lhe dei duas das minhas. Havia algo como a ideia do amor no ar entre nós. Essa dimensão desse tipo de amor, tal como eu o entendia, era a nossa compreensão, tácita, do desejo dela e do meu desejo, e do desejo de Rachmaninov, de transcender a dor da vida cotidiana. Antes de nos separarmos, ela me disse que seu nome era Ann, sem *e*.

Meu nome é Elsa.

Claro, eu sei que você é Elsa M. Anderson. Ela começou a rir. Não posso acreditar que estou falando com você. Ela rolou as imagens do telefone para me mostrar as fotos do "concerto" que eu acabara de tocar.

Eu não podia fazer confidências a Ann do modo como acabara de deixar Rachmaninov me fazer confidências. Por que diria a ela que já tinha sido Ann sem *e* antes de Arthur trocar meu nome? Eu queria fazer isso. Queria contar a ela que Ann havia desaparecido e retornado à Terra como Elsa.

É claro que sei quem você é, disse Ann novamente.

Limpei dos meus dedos a poeira das teclas do Yamaha. Ann estava convencida de que sabia quem eu era, mas eu não sabia quem eu era.

Teria que ler os documentos. Mesmo assim, não teria tanta certeza quanto ela parecia ter. Eu estava pipocando por todo lado. Ann aguardava um trem em Londres, na estação de St. Pancras, mas Ann, de cinco anos, que também era eu, estava igualmente aguardando algo. Aguardando algo que ela queria muito. Não só queria, mas pelo qual ansiava, e cuja ausência ia deixá-la para sempre desolada. O que aguardava?

Um piano, provavelmente.

Como se eu não fosse saber quem você é, Ann estava rindo de novo, meu primo tem todos os seus álbuns.

O que Ann de Suffolk estava aguardando?

Ela estava aguardando o trator na extremidade do campo seguir em direção à casa de sua infância. Um trailer havia sido acoplado ao trator e nele estava o piano, o pequeno piano de cauda Bösendorfer que substituiria o piano que havia desaparecido. Estava coberto com um pano; mas eu, ela, conseguia ver claramente sua forma. Houve um problema com o motor do trator. Ficava dando partida e parando, avançando e depois se imobilizando. Talvez estivesse preso no campo e o piano nunca fosse chegar? Senti o pânico dela tomar conta de mim mais uma vez, sob a cúpula da estação de St. Pancras, em Londres.

Até logo, Elsa. Ann passou os braços ao meu redor.

Os girassóis foram confiscados na segurança. A oficial insistiu que eu não poderia levar plantas para plantar na França. Mas não são para plantar, expliquei, são para colocar num vaso. Não, havia leis sobre a introdução de pragas. Pedi a ela que ficasse com as flores, mas foram jogadas no lixo. Quando finalmente embarquei no Eurostar e encontrei meu assento, voltei a pensar em Ann. Ao lado do campo que dava para a casa da minha infância em Suffolk havia outro campo, repleto de girassóis.

13
Paris, novembro

O apartamento no Boulevard Saint-Germain dava para a feira livre das quintas-feiras na Place Maubert. Quando digitei o código da porta para entrar, meu telefone começou a tocar. As palavras *CAMPAINHA TOCANDO* piscaram na minha tela. Era o novo sistema de interfone do meu apartamento em Londres. Alguém estava tentando entrar no prédio, talvez fosse uma entrega. Apertei a tecla de jogo da velha, que abria a porta em Londres. No mesmo exato instante eu abria a porta do prédio em Paris. Podia ouvir a voz do robô em Londres dizendo *Por favor, entre* e o clique da porta se abrindo em Paris. Foi uma estranha primeira duplicação.

O pequeno elevador até o quinto andar cheirava a urina. Talvez houvesse moradores naquele prédio elegante e burguês que gostassem de fazer xixi ali dentro. Demorei um pouco para destrancar a porta da frente do meu apartamento com uma chave que lembrava uma chave de fenda. Tive de pressioná-la dentro da fechadura e depois enfiá-la ainda mais não uma, mas duas vezes, e depois novamente, como se fosse uma porta com profundezas insondáveis e a chave estivesse fazendo sexo com ela. A certa altura, a chave caiu no chão e tive que começar tudo de novo.

Era um apartamento arejado e claro. As paredes eram pintadas de branco, piso de madeira, uma mesa com seis cadeiras metidas por baixo, uma lareira cercada por mármore cinza estriado. Nenhum piano. Os meses recentes eram a primeira vez na minha vida adulta que eu tinha vivido sem piano, mas, estranhamente, o papel de parede do banheiro estava coberto com partituras da "Patética" de Beethoven. Senti-me reconfortada ao ver isso. Ele havia escrito a "Patética" aos 27 anos. A idade em que percebeu pela primeira vez que estava ficando surdo.

A segunda duplicação aconteceu quando tomei banho e descobri que formigas corriam pela borda da banheira. Elas eram alegres, rápidas, tinham determinação e propósito. Havia formigas correndo pelas bordas da banheira parisiense e da banheira londrina. Elas tinham encontrado um portal para todos os meus mundos.

Junto aos acordes gloriosos de Beethoven e o desesperador primeiro movimento.

Minha amiga Marie passou para me ver uma hora depois. Ela era professora aposentada de matemática e música e havia se mudado para Paris três anos antes. Nós nos conhecemos numa festa depois de um concerto no Kennedy Center, em Nova York, quando eu tinha 27 anos, a idade de Beethoven quando a "Sonata n.º 8" foi originalmente publicada. O cabelo de Marie agora estava prateado e cortado curto. Ela era magra, pequena e inteligente. Quando a vira pela última vez, em Nova York, seu cabelo era preto e cacheado. Ela me contou que viveu os piores meses da pandemia na Rue Saint-André des Arts. Todos os dias comprava pão libanês, feito no restaurante em frente ao seu apartamento. Às sextas-feiras, cozinhava peixe com pimenta-vermelha. Esses eram seus rituais durante

O Confinamento, bem como a hora em que tinha permissão para sair do apartamento e se exercitar.

Sentamos na pequena varanda com vista para a feira da Place Maubert e comemos os *croissants* que ela comprou em sua *boulangerie* favorita, a Maison d'Isabelle.

Fica bem ali, ela disse, apontando para o outro lado da praça.

Então você deixou o cabelo prateado, eu disse.

Ela me disse que o prateado representava a pessoa que ela se tornara internamente antes de cortar o cabelo.

Esta é a minha verdade, continuou. Será que nós nos tornamos alguém e depois começamos a criar visualmente essa pessoa? Aceitei a evolução da minha vida na Terra. Tenho setenta anos.

Certo, respondi.

Marie me disse o que achava do meu cabelo azul.

Você teve que criar a si mesma, ela disse.

Todos nós temos que fazer isso, respondi a Marie.

Minhas palavras eram menores que meus sentimentos naquele momento. Havia passado a vida procurando palavras diplomáticas. Sou uma diplomata, então? Tocar Beethoven não é difícil o suficiente?

Acontece, continuou Marie, que você está magra e pálida.

Contei a ela sobre o público exigindo reembolso pelo concerto que eu tinha esculhambado em Viena.

Realmente, você tem sido refém de Arthur, ela disse.

Assim como todo mundo, ela queria saber por que eu pelo menos não dava aulas no conservatório, onde os alunos eram músicos sérios.

Elsa, todos os conservatórios do mundo ficariam satisfeitos em te receber. Você seria paga corretamente.

Ninguém consegue entender isso. Você é uma personalidade, uma celebridade.

Talvez eu seja.

A feira estava terminando. Uma equipe de homens de jaqueta laranja limpava a praça com uma mangueira potente. O homem que ficava sentado mendigando diante da *boulangerie* estava ocupado indo para o outro lado da rua com suas malas e cobertores. Quando o observei juntar seus pertences, não me senti desconectada dele, foi antes o contrário. Às vezes eu me perguntava se aqueles homens que levavam uma vida difícil eram meus parentes. Eu não queria que ele estivesse conectado a mim, mas era uma possibilidade. Não conseguia me forçar a vê-lo, que é como a maioria das pessoas que eu conhecia lidava com quem mora na rua.

Marie me contou sobre uma piscina que ficava mais perto do meu apartamento do que a Joséphine Baker.

Piscine Pontoise.

Anotei o endereço enquanto ela começou a falar sobre todas as mulheres famosas que haviam cometido suicídio por afogamento. Existem nadadoras verticais e nadadoras horizontais, ela disse. Eu mesma às vezes pensei que iria me tornar uma nadadora vertical. Não está escrito em lugar nenhum que tenho que cumprir o terceiro ato da minha vida. É sempre desagradável. Se eu ficar doente na velhice, não descarto essa possibilidade.

É mesmo?

Claro. Ninguém descarta isso. Pergunte a qualquer pessoa neste boulevard e ela dirá que considerou isso. Comprimidos. Corda. Arma. Herbicida. Água. Pular de prédios altos.

A conversa tinha tomado um rumo estranho. Eu me perguntei se Marie havia passado tempo demais sozinha durante a pandemia.

Olha, ela disse, é um assunto tabu porque é verdade. Todos nós pensamos em maneiras de acabar com a vida. É um experimento mental, e o que há de errado nisso?

Em quê?

Num experimento mental. É isso que os pensamentos fazem. Eles não escrevem manifestos com os quais você deve concordar nem acariciam cachorrinhos enquanto mastigam um pacote de M&M's com um amigo que te ama incondicionalmente. A menos que a pensadora seja tão frágil que queira trancá-los no estábulo e pregar a foto de um bolo de aniversário na porta.

Enquanto Marie falava, toquei mentalmente a "Sonata n.º 8", a "Patética", de Beethoven.

Ela agora fazia gestos estranhos, como se estivesse cortando a garganta com a mão.

Você concordará, Elsa, que a maioria de nós não leva isso adiante, mas pelo menos levamos nossas mentes até esse pasto proibido e as deixamos pastar ali?

Talvez eu esteja.

Talvez você esteja o quê?

Parada no pasto proibido.

A propósito, disse Marie, como você usa esse chapéu o tempo todo, seu cabelo fica embaraçado e achatado. Você precisa escová-lo. Ela trazia uma escova sobressalente na bolsa. Havia fios de cabelo prateado nas cerdas. Eu ainda não tinha cabelos prateados em meu interior.

Uma frota de sete ambulâncias com sirenes tocando passou correndo pelo Boulevard Saint-Germain. Da minha varanda observávamos as pessoas fazendo fila para comprar bolos na Maison d'Isabelle. Quando Marie saiu, desejou-me sorte com tudo o que estava por vir.

Eu não tinha ideia do que estava por vir. Tudo o que sabia era que voltaria a ver a mulher que comprara os cavalos ali em Paris. Naquela noite, caminhei sozinha pelas margens do Sena. A lua e as estrelas estavam brilhantes. Deixei as estrelas entrarem em meu corpo e percebi que havia me tornado porosa. Tudo o que eu era tinha começado a desmoronar. Eu estava vivendo precariamente em meu próprio corpo; isto é, não tinha caído dentro daquela que eu era, ou que estava me tornando. O que eu queria para mim era uma nova composição. Tinha deixado a mulher que comprou os cavalos entrar em mim também.

No caminho para casa, parei numa birosca, um bar chamado Onze. Era uma sala pequena e escura, e eu era a única pessoa ali. Sentei-me no banquinho ao lado do balcão enquanto o gentil cavalheiro atrás do bar – ele disse que vinha da Argélia – me serviu um copo de *eau de vie*. Feita de peras. Geralmente é bebida após uma refeição, ele disse.

Eu não tinha comido nada o dia inteiro, exceto os *croissants* que Marie levara para o meu apartamento. Mas isso não era estritamente verdade. As estrelas e o Sena estavam dentro de mim. Eu estava vivendo de uma forma muito estranha, mas sabia que havia pessoas no mundo que também viviam assim. Alguém em Tóquio, ou na Eritreia, ou em Nova York, ou na Dinamarca, naquele preciso momento, também vivia a vida de forma precária. Aquele estado de espírito, com seu ambiente de pânico sutil e conexões hiperalertas a tudo, teria o seu duplo ou eco. Ouvia sua música na minha cabeça, debaixo do chapéu. O chapéu dela. Era difícil de escutar, mas estava ali, como um futuro que era obscuro, um futuro infectado pela administração do mundo, pelos velhos e novos tiranos e pelos seus consortes e facilitadores. Eu não queria mais pensar neles porque, de todo modo, recebiam demasiada atenção. Mesmo assim, pensava neles o tempo todo.

E quanto a ela, o meu duplo, que talvez não fosse fisicamente idêntico? Pensar nela era falar com alguém conhecido, dentro de mim, alguém que me era um tanto quanto misteriosa, alguém que ouvia com muita atenção.

O barman encheu meu copo.

Ainda não havia ninguém no bar, exceto o homem.

E ela.

Fazia frio naquela noite. O inverno estava chegando. Tive que procurar alguns cobertores extras, que encontrei dobrados num armário. Cheiravam a naftalina e lavanda morta. Liguei o minúsculo aquecedor que Rajesh tinha me dado em Green Lanes. Aquele pequeno dispositivo, insistiu Rajesh, era o futuro. Poderia aquecer uma sala inteira a um custo muito baixo. Ele tinha comprado sete a preço de banana. Estava ligado, mas nada acontecia. Em dado momento, senti um pouco de calor no pé esquerdo. Talvez nem mesmo no pé inteiro, apenas nos dedos dos pés. O canto de um pássaro encheu a sala. Peguei meu telefone. Era Tomas ligando para dizer que deveríamos nos encontrar quando estivéssemos ambos em Paris.

14

Minha aluna morava na Rue des Écoles, no 5º arrondissement. Seu nome era Aimée e ela estava com dezesseis anos. Peguei o elevador até o terceiro andar e a ouvi tocando antes de vê-la. Ela estava lutando com o primeiro movimento da "Patética". Talvez sua família fosse obcecada pela sonata? Fiquei ouvindo do lado de fora da porta da frente enquanto procurava minha máscara. Ela estava fechada, tensa, tocando rápido demais.

Sua mãe abriu a porta.

Minha filha está esperando, foi tudo o que ela disse.

O cabelo preto de Aimée era curto e liso. Ela usava jeans justos, camiseta branca, tênis sem cadarço e uma máscara cirúrgica como a minha. Disse-me que queria usar seu tempo comigo para estudar as *Trois Gymnopédies*, três peças para piano solo do compositor francês Erik Satie. Era para um concerto na escola. Ela só estava tocando a "Patética" para tirar a mãe do seu pé. Desculpe, ela disse, sua cabeça estava inoperante hoje. Ela havia fumado maconha com a amiga na noite anterior e depois comeram sushi. Provavelmente estava estragado, e agora era como se ela tivesse uma máquina de lavar na barriga. Para ser sincera, ela disse, seu humor hoje era como o de alguém esperando um ônibus num domingo à noite numa rua deserta.

Tudo bem, eu disse, só ofereci duas aulas, então vamos começar.

Aimée queria mostrar tudo o que sabia tocar. Tinha uma mente musical afiada. Talvez se cansasse com demasiada facilidade.

Vamos começar, eu disse, não com Satie, mas com Chopin.

Íamos trabalhar devagar. Eu acreditava na prática lenta porque dava tempo para pensar. Íamos estudar o "Étude em sol sustenido menor", "Op. 25, n.º 6", de Chopin, em passo de tartaruga. Costuma levar dois minutos para tocar, mas nós íamos trabalhar nele tão lentamente que ia quase se tornar irreconhecível.

Ele sempre me dá cãibra na mão esquerda, ela reclamou.

Sim, respondi, Chopin deu as notas mais interessantes à mão esquerda.

Penetraríamos na sua composição e prestaríamos atenção aos dedos ousados de Chopin.

Eu estava usando calça preta e uma blusa polo branca. Às vezes eu falava como Arthur. Aimée era triste e equilibrada? Não, essa pessoa seria Marcus. Aimée era tensa e furiosa.

Depois de uma hora de aula, sua mãe enviou uma bandeja de folhados cremosos e dois Nespressos para a sala de música. Nas nossas conversas telefônicas, ela havia insinuado que sua filha era mentalmente frágil, uma espécie de fantasista. Pediu-me para ser discreta nesse assunto.

Aimée apontou para o prato. Esses doces são chamados de *millefeuille*, disse ela. Significa, em inglês, que o padeiro fez sexo sobre mil folhas na floresta escura de Fontainebleau.

Mordi a massa e comi com gosto. Uma nova ganância de todos os doces da França. Ela tirou seu mil-folhas do prato e sopesou-o na palma da mão. Ah, ela disse, tão leve, tão doido, quase não existe. Colocou-o de novo no prato.

Costumo caminhar nessa floresta. Se você quiser sair de Paris, Fontainebleau não é uma viagem tão longa.

Ela me mostrou a tatuagem em seu braço. Um coração com um olho dentro e chamas atravessando o coração.

A certa altura, minha roupa de banho caiu da bolsa e ela me contou que tinha aprendido a nadar num rio, no campo, quando tinha quatro anos. Havia peixes e algas. Ela estava nervosa porque não conseguia ver o fundo da água e havia correnteza. Desceu a escada e, sim, sim, sim, estava na água e o rio estava agitado e frio. Foi, ela disse, um momento. Essa era Aimée, agitada e fria. Era estranho dar aulas a uma aluna que se sentia atraída pela melancolia de Satie, uma melancolia tão enganosamente leve que era quase suicida, mas que não tinha nenhuma conversa interna com o compositor que amava. Eu a admirava porque ela não considerava a nota impressa sagrada. Bebeu seu café de um gole só e jogou a xícara no chão. Ela era arrogante, mas não se interessava tanto por música. Quando eu estava com a sua idade, não tinha vida fora do meu instrumento; nada me interessava mais. Todos os dias realizava no piano algo que era quase impossível. Tive de aceitar que havia diferentes razões para aprender a tocar um instrumento. Escutava Aimée e pensava que, assim como Marcus, ela estava tocando para fugir dos pais. Talvez na idade dela eu estivesse tocando para me aproximar do pai ou da mãe que nunca conheci.

Continuamos com o estudo de Chopin. Doze minutos depois, ela arrancou a máscara.

Odeio esta porra, disse. Está acabando com a minha vida. Satie nunca escreveria um estudo ou uma sonata, ele inventou um novo gênero. Não vou tocar essa merda.

Sua voz estava dura, mas seus lábios estavam macios. Ela guardava uma garrafinha d'água ao lado do piano e um frasco de perfume com cheiro de figos.

Uma coisa é certa, disse em francês, nunca vou escrever uma sinfonia para agradecer à minha família por toda a felicidade que me proporcionaram.

Não me surpreendeu que tivesse escolhido as *Gymnopédies* de Satie para seu concerto na escola. Satie trabalhava contra as harmonias e estruturas clássicas, e Aimée era contra tudo também. Disse-me que usaria um terno de veludo no dia do concerto. Satie possuía sete ternos de veludo e os usava alternadamente todos os dias de sua vida. Na opinião dela, os vestidos que eu usava nos meus concertos – ela os havia examinado no YouTube – eram tão antiquados que ela se perguntava a quem eu estava tentando agradar. Na verdade, ela disse, a única coisa que os tornaria menos patéticos seria enfiar um martelinho no forro do mais funesto dos vestidos. Afinal, Satie carregava consigo um martelo o tempo todo para proteção.

Certo, eu disse, quando você estuda uma *Gymnopédie*, deve dividi-la em seções, como fizemos com Chopin, e adicionar seu próprio fraseado. Elas são fáceis de tocar, então por que você precisa de mim?

Você é meu martelo, ela disse.

De quem você precisa se proteger?

De todos.

Ela bateu a tampa do piano e disse que eu estava dispensada.

O que você vai fazer quando eu for embora?

Vou fazer amor com George Sand para me aproximar de Chopin, ela disse, cravando os dentes no mil-folhas.

Na saída, a mãe dela me perguntou se eu estava feliz com o progresso da filha.

Sim, respondi, ela é muito sensata e trabalha arduamente.

15

Voltei a ver, no Café de Flore, a mulher que comprara os cavalos. Dessa vez era ela, definitivamente. Foi Arthur quem insistiu que eu fosse ao Flore antes de ir à farmácia tomar minha vacina. Vai estar mais quente que o seu quarto, ele disse. Tem um potente fogão a carvão e você pode fazer seu café durar o dia todo. Sua voz tinha se tornado fraca e trêmula. Você deveria saber, ele sussurrou, que o filósofo estará trabalhando ali. Ele fez do primeiro andar desse café o seu escritório. Ouvi dizer que a gerência deu a ele sua própria linha telefônica para que ele possa receber ligações.

Depois de um tempo percebi que ele falava sério. Foi a primeira vez que pensei que Arthur poderia estar demente. O filósofo a quem se referia era Jean-Paul Sartre, cujo túmulo eu tinha visitado recentemente em Montparnasse. Sua mente estava vagando durante esse telefonema. A certa altura, ele me chamou de Ann em vez de Elsa. Nunca havia cometido esse deslize antes. De fato, seu vizinho, Andrew, que parecia estar com ele todos os dias, tirou dele o telefone. Andrew falava inglês com sotaque do norte. Disse-me que Arthur estava cansado e precisava repousar. Sua voz estava tensa, talvez até hostil. Eu podia ouvir Arthur exigindo que seu telefone lhe fosse devolvido. A certa altura, ele gritou, Quem é você? Eu não saberia dizer com certeza se ele estava se referindo a mim ou ao vizinho.

Consegui uma mesa na calçada do Café de Flore, em frente à Brasserie Lipp, e pedi uma Perrier misturada com xarope de menta. Tinha visto essa bebida verde-fada pela primeira vez no sul da França e sempre tivera vontade de prová-la. Um senhor idoso, sentado à mesa ao meu lado, perfurou sua batata com uma faca e ergueu-a até os olhos. Seus dentes falsos inferiores se projetavam para fora da boca. Ele estava um pouco sem fôlego.

Acho que eu estava pensando em Arthur. Estava confusa sobre minha responsabilidade diante do bem-estar dele. Ele me adotara para me ensinar. Tínhamos uma relação inteiramente profissional. Mas eu tinha seis anos à época. Ao longo dos anos, ele contratou várias *au pairs* e uma cozinheira, então nunca ficou muito claro se era meu pai, meu professor ou ambos. Nunca compartilhei meus pensamentos secretos ou ansiedades com Arthur.

Dois homens sentados à mesa atrás de mim perguntaram se eu poderia tirar uma foto deles. Estavam na casa dos vinte anos e devoravam pratos de *croque-monsieur*. Ambos usavam camisetas e jaquetas de couro pretas idênticas. O homem da direita, que tinha maçãs do rosto esculpidas, me entregou seu telefone. Perguntei de onde ele era.

Dresden, ele disse.

Rachmaninov compôs seu "Concerto para piano n.º 2" em Dresden. Foi onde ele e sua família viveram durante quatro anos, a partir de 1906. Ele estava deprimido, arrasado, no início incapaz de escrever o que quer que fosse. Quando finalmente terminou, sua tristeza desapareceu. Ele dedicou essa vigorosa obra ao seu médico.

Você conhece Dresden?, ele disse.

Talvez eu conheça.

Pedi que se aproximassem para a foto. Isso parecia impossível para o homem que tinha me dado seu telefone, mas seu amigo à esquerda se aproximou, passando o braço em volta do ombro do homem de Dresden.

Tirei três fotos e devolvi o telefone. O *Perrier Menthe* chegou. Era um gosto estranho. Talvez feito pasta de dente líquida. Enquanto eu verificava meus e-mails no telefone, o homem de Dresden me deu um tapinha no ombro. Eu me virei. Ele inclinou o rosto para mim e sussurrou em inglês, Quero lamber você.

Foi nesse momento que a vi descendo o Boulevard Saint-Germain em direção ao Café de Flore.

Ela estava usando os mesmos sapatos marrons com os saltos curvos de pele de cobra que usava em Atenas. Meu primeiro pensamento foi que eu estava usando seu chapéu de feltro. Desta vez ela não usava máscara. No entanto, não era no seu rosto que eu estava focando o olhar, era na sua boca. Empoleirado entre seus lábios havia um gordo charuto. Brilhando na ponta. Era um cutucão na vida. Uma provocação. Era como se ela estivesse envolta numa nuvem transparente. Tinha atitude e confiança. Seu cabelo era castanho-escuro, preso num coque solto no alto da cabeça.

Voluptuosa.

Curvas.

Quadris. Barriga.

Um vestido plissado de seda branca. Um grosso cinto dourado.

Suas mãos estavam totalmente livres, sem bolsas, ela não carregava nada além de si mesma pelo Boulevard Saint-Germain. Tal como as formigas em Paris e Londres, caminhava depressa e com determinação. Talvez fosse perfeitamente impassível. Imperturbável. Ela me viu. Nossos olhares se fixaram um no outro. Percebi que eu estava apavorada. Por um momento ela também pareceu verdadeiramente chocada. Nosso medo mútuo era idêntico. Ela e eu tínhamos a mesma expressão nos olhos. E então ela passou mais devagar bem perto da minha mesa. Misturando-se ao cheiro do charuto estava a fragrância de gerânios. Com os olhos castanhos ainda fixos nos meus olhos verdes, ela tirou o charuto da boca e jogou-o no meu copo de *Perrier Menthe*. Era uma mensagem. Aí está você, usando meu chapéu. E então ela começou a correr. Depressa. Com saltos altos de pele de cobra, assustando os pombos na calçada. Ventava naquele dia, e as pregas de seu vestido de seda branca se inflaram, de modo que pensei que ela talvez fosse subir aos céus, como um balão de ar quente. Mas ela não era nenhum anjo ou fantasma, estava totalmente viva e vital. Levantei-me e corri atrás dela no momento em que ela virava à esquerda na Rue Saint-Benoît. Afinal, ela havia levado meus cavalos. Mas ela era rápida demais para mim, mesmo com seus saltos altos de pele de cobra. Eu não conseguia vê-la em lugar nenhum. Parei para recuperar o fôlego na entrada de um clube de jazz na mesma rua. Por um momento, pensei tê-la visto encostada num carro, lendo um livro. Não era ela. Eu estava agora sem fôlego, ofegante, minhas mãos segurando firmemente o chapéu dela na minha cabeça.

Quando voltei para minha mesa no Flore, senti-me estranhamente exultante. O charuto dela ainda ardia no meu copo de *Perrier Menthe*. Como que para provar que ela não era uma aparição, que morava naquela cidade e agora sabia que eu também. Os dois homens com jaquetas de couro idênticas bebiam grandes copos de cerveja. Foi estranho, porque eles não fizeram contato visual comigo, mas o de Dresden, que tinha dito *Quero lamber você*, parecia malicioso e retraído. Era como se quisesse me assustar, ou me excitar, ou me mostrar que estava mais interessado em mulheres do que em homens depois que seu amigo colocou o braço em torno do seu ombro. Acho que ele esperava que eu respondesse, que respondesse de alguma forma, mas eu não me importava com ele nem com seus problemas. Minha atenção estava voltada para ela. Ele não era o centro do meu mundo. Essa era a velha composição, e eu tinha deixado aquele mundo.

Eu tinha literalmente deixado o palco.

16

A caminho da farmácia no Boulevard Saint-Michel, percebi que estava andando como ela. Com determinação e impassividade. Talvez até imperturbabilidade, mas eu não iria tão longe. Não. Uma representação de imperturbabilidade. A farmacêutica estava à minha espera, uma jovem chamada Alice. Usava um jaleco médico branco. Depois de revisarmos todas as orientações, ela se levantou e foi até uma pequena geladeira onde estava guardada a vacina.

Faremos um pedacinho da história, ela disse. *Un petit morceau d'histoire.*

Ela queria saber, já que eu era pianista, qual braço seria melhor para a agulha, esquerdo ou direito? Escolhi o braço esquerdo. Afinal, foi com o braço direito que ergui minha taça de *eau de vie* no Onze.

Arregacei a manga e ela limpou meu braço esquerdo com algodão.

Um, dois, três, aqui vai, ela disse.

A agulha estava no meu braço. A vacina estava dentro do meu corpo, assim como o número do meu passaporte estava dentro do computador dela. Alice colocou um pequeno curativo redondo sobre a manchinha de sangue. Obrigada, Alice, eu disse, você fez um pedacinho da história. Guardei o recibo, o número do lote e o nome da vacina. Também comprei um tubo de creme para as mãos com aroma de flor de laranjeira.

Quando cheguei ao meu prédio no Boulevard Saint-Germain, havia um bilhete colado na porta da frente. Não estava endereçado a mim, mas era para mim. Aparentemente, eu havia deixado meu telefone no Flore. Numa caligrafia inclinada, quem o encontrou tinha escrito um endereço no Boulevard Saint-Michel, por onde eu acabara de passar. Não para o lado da farmácia, mas mais perto do Jardim de Luxemburgo. Procurei na bolsa. Era verdade, meu telefone não estava ali dentro.

O bilhete era da mulher dos cavalos ou do homem que queria me lamber?

Perguntei à concierge se poderia usar seu telefone e liguei para Marie. Ela foi até lá e decidimos caminhar juntas até o endereço indicado no bilhete.

Você acha que é verdade que deixou seu celular em cima da mesa no Flore? Ela usava botas pretas pesadas porque estava varrendo o vidro quebrado no chão diante da entrada do seu apartamento.

Achei que era possível.

Então, como essa pessoa sabe onde você mora?

Eu havia colado meu endereço na parte de trás do meu telefone no Eurostar.

Precisa ter cuidado, Elsa. Você é famosa. Todo mundo quer um pedaço de você.

Eu não tinha contado a ela sobre a mulher que comprara os cavalos. Talvez ela abrisse a porta, e então o que aconteceria? E se ela quisesse trocar? Eu te dou seu telefone se você me der meu chapéu. E ela ficaria com os cavalos.

O edifício era um antigo prédio burguês num quarteirão em frente a uma grande livraria. Pressionei os números escritos no bilhete e esperamos. Num dado momento, a porta se abriu.

Não, disse Marie, quem quer que esteja com seu telefone precisa descer.

Pressionei o código novamente. A porta fez clique.

Existe alguma coisa no seu telefone sem a qual você não tem como viver?

Meus aplicativos bancários, eu disse. Eu queria dizer, *Arthur, não posso viver sem Arthur*, mas decidi não fazê-lo para o caso de Marie começar a reclamar.

Podíamos ouvir alguém descendo a escada. Suavemente. Devagar. Suavemente. Mais depressa.

E então um baque. Como se ela tivesse pulado os últimos quatro degraus.

Obviamente, era ela.

Meu braço esquerdo estava doendo por causa da vacina. Estava pesado e doía.

Eu daria a ela o chapéu e pegaria meu telefone? Não. Eu queria mais os cavalos do que o telefone. A cauda estava levantada. A dança havia começado.

Está esfriando, disse Marie. Novembro em Paris pode ser brutal.

Ouvimos um clique e a porta pesada se abriu.

Era o homem que queria me lamber.

A princípio ele não notou Marie, pequena, cabelos prateados e septuagenária. Segurava meu telefone na mão. Agradeci e ele começou a agitá-lo como se estivesse regendo uma orquestra imaginária. Estava descalço, parecia sonolento e sorria maliciosamente. A cada vez que eu estendia a mão, ele fazia menção de me dar o aparelho, quase tocando a palma da minha mão, e então o puxava de volta. Por fim, segurou-o acima da cabeça e pediu duzentos euros. Marie deu um passo à frente e os olhos dele se voltaram para ela pela primeira vez. Tarde demais. Ela bateu com a bota pesada no pé descalço dele com tanta força que ele pulou e gritou de dor. O telefone caiu da sua mão e eu o agarrei.

Vão se foder, suas putas, ele gritou, e depois todo o costumeiro. Éramos sapatões, éramos *freaks*, éramos judias, éramos bruxas, éramos feias, éramos malucas. A mesma velha composição. Por fim, com o rosto vermelho, bateu a porta.

Ele é de Dresden, eu disse a Marie, que é onde Rachmaninov escreveu parte do "Concerto para piano n.º 2".

Talvez ele *seja* Rachmaninov, disse Marie.

Saímos para comemorar no restaurante vietnamita perto da Place Maubert e nos sentamos a uma mesa na calçada afundada. Marie me mostrou os pesados anéis de prata que comprara no Marrocos. Tinham marcas e palavras nas laterais, mas ela não sabia o que significavam. Disse que teria que voltar para casa logo após o jantar porque sua amante chegaria de Nice aquela noite. Comemos tofu e arroz, sopa de bolinho de camarão e bebemos água da torneira. E então vi a sombra dela na calçada rebaixada e pude sentir cheiro de fumaça de charuto. Sem me virar, sabia que era ela. Estava com seu companheiro idoso, o homem que estava com ela em Atenas. Curvado, silencioso, pensativo.

Eu também podia ver a sombra dele. Desta vez não corri atrás dela porque sabia que seu companheiro era velho demais para correr.

Era como se ele fosse seu escudo.

Deixei-a quieta em seu canto e ela me deixou quieta no meu. Tínhamos estabelecido algum tipo de paz uma com a outra. Havia uma espécie de compreensão no ar, mas eu não sabia o que havíamos concordado em compreender.

Depois de um tempo, decidi contar a Marie que eu tinha um duplo me seguindo pelo mundo.

É possível que eu a tenha visto em Londres, definitivamente em Atenas e agora em Paris.

Onde ela está agora?

Nunca sei onde ela está.

Então ela desapareceu?

Não, ela volta. Eu vi a sombra dela quando estávamos comendo hoje à noite.

Mas você quer vê-la?

Roubei seu chapéu, e ela sabe disso.

Marie queria saber como eu estava me sentindo depois da vacina.

Meu braço estava dolorido, mas eu me sentia bem. Ela não acreditou em mim e insistiu em me levar para casa. Digitei o código da porta e não funcionou, então tentei substituir o seis por um oito.

Me diga qual o código, disse Marie, sou professora de matemática. Balancei a cabeça e tentei outra vez. Uma repentina explosão de gritos e aplausos veio do café em frente ao apartamento. Uma grande multidão estava reunida em torno de um telão para assistir a uma partida de futebol. Quando eu disse a Marie que ela deveria ir embora e me deixar resolver o problema, ela disse que não iria a lugar nenhum até que eu estivesse em segurança dentro do meu apartamento.

Quão pouco sabemos sobre o corpo, entoou Marie. Quão pouco sabemos sobre a ciência ou como funciona a economia ou por que Elsa M. Anderson parou de tocar em público.

Ela se afastou da porta a fim de me dar algum espaço para eu me lembrar do código. Uma mulher andava em sua *scooter* elétrica em alta velocidade na calçada. Estava com AirPods nos ouvidos e quase atropelou Marie. Minha nossa!

Marie parecia enfurecida. Tirou um dos anéis pesados que tinha comprado no Marrocos e jogou na cabeça da mulher da *scooter*. Foi um bom arremesso porque o metal pesado ricocheteou na parte de trás de seu crânio e caiu na sarjeta.

Você não corre riscos, Elsa, disse Marie. Você tem quase um metro e oitenta de altura e ninguém ousaria te atropelar.

Corri em direção à sarjeta e me abaixei para procurar o anel dela.

Meu Deus, Marie, você deve ter cortado a cabeça dela.

Um fio de sangue vermelho brilhava no metal. Enrolei meu cardigã nos dedos, peguei-o e levei para ela. O anel parecia um dente extraído, sangrando e em carne viva.

Marie limpou o anel com o lenço. Pena que não derrubei a cabeça da mulher.

Eu não estava com disposição para ser literalmente atropelada, ela disse; sua amante a atropelava emocionalmente todos os dias. Contou-me que o que lhe havia sido transmitido por Julia, que voltava de Nice para vê-la esta noite, era que Julia estava apaixonada por todos e todos estavam apaixonados por Julia. Marie exigia que sua amante fosse mais específica em seus afetos.

Agora eu experimentava freneticamente novas combinações de números, mas nenhuma delas estava correta. A porta permanecia firmemente fechada.

Vá se encontrar com Julia, vou acabar me lembrando.

Acho que tem um quatro e um seis no seu código, ela disse, tente isso.

Ela começou a conversar sobre isso e aquilo enquanto eu tentava outra combinação.

É um fato, disse Marie, que durante os vários confinamentos o mundo inteiro estava ocupado se recuperando. Não havia uma manada de girafas descontroladas em Kilburn, no noroeste de Londres? E os avestruzes em Peckham Common?

Eu queria que ela fosse embora para que eu pudesse recuperar minha memória. Desde que lhe confessara as várias ocasiões em que avistara meu duplo, ela parecia ter-se tornado protetora e astuta.

Experimente dois-quatro-oito-seis.

Fiz o que ela sugeriu e a porta se abriu.

Como você sabia?

Os números brilhantes são os números tocados com mais frequência. Obviamente, esses números fazem parte do código.

Ela me abraçou e finalmente saiu com o anel ensanguentado no bolso.

Mais tarde naquela noite, enquanto eu preparava um bule de chá de gengibre, pareceu-me que havia demasiado calor saindo do pequeno anel de gás no fogão. Era como se meu rosto estivesse inclinado sobre uma fogueira crepitante.

Não consegui resolver o problema. Diminuí a chama azul sob o bule de gengibre e então percebi que o calor vinha de mim. Meu rosto estava queimando. Quando me olhei no espelho, minhas bochechas estavam vermelhas e meu peito também. Estava com dor de cabeça. Meu coração estava acelerado. Tomei dois comprimidos de paracetamol e levei o chá para a cama. Depois de um tempo, abri as portas da pequena varanda de ferro forjado. Era meia-noite. Coloquei meu laptop na mesa redonda e me sentei na cadeira.

A lua estava brilhante. O ar estava fresco. Eu estava quente. Meu laptop fazia um som. Era uma chamada de Marie por Skype. Por que ela estava me ligando à meia-noite por Skype? Atendi. Ela usava um vestido preto sem mangas e, quando se virou para pegar algo do chão, vi que estava aberto nas costas.

Como você está, Elsa?

Eu disse a ela que achava que estava com *aquilo*.

Ela perguntou sobre meus sintomas. Expliquei que estava com febre e dor de cabeça. Não, disse ela, são só os efeitos colaterais da vacina. Era estranho que ela estivesse me ligando naquele momento. Era ainda mais estranho que tivesse começado a despejar óleo na lamparina ortodoxa em sua parede. Você é religiosa, Marie?

Nem um pouco.

Eu tinha assistido recentemente ao filme *A paixão de Joana d'Arc,* de Carl Theodor Dreyer, em que o juiz pergunta a Joana se Deus lhe fez promessas. Foi o que perguntei a Marie.

Deus te fez promessas?

Ela pensou a respeito na minha tela enquanto a lua se movia atrás de uma nuvem.

Sim, Deus me fez promessas.

Você conversa com Deus?

Suas bochechas estavam coradas e eu sabia que ela havia acabado de fazer sexo.

Eu definitivamente tenho uma conversa em andamento com Deus. É como se eu fosse um ventríloquo, minha voz dividida em duas vozes. Acho que a principal promessa que Deus fez é que a morte não virá para mim.

Isso era confuso porque não fazia muito tempo ela havia falado sobre acabar com sua vida antes de ficar velha demais para tomar as próprias decisões.

Sim, bem, são dois pensamentos contraditórios, disse ela, a possibilidade de acabar com minha vida e querer mais vida. E daí? E eis aqui mais duas contradições: não acredito em Deus, mas falo com algo como Deus. Peço a essa presença que sinta por mim quando eu tiver reduzido meus próprios sentimentos.

Contei-lhe que Arthur, que era um ateu convicto, citava muitas vezes uma carta de William Blake. Acho que ele disse que era dos diários, ele não sabia.

Querido Pai, querida Mãe, a igreja é fria,

Mas a cervejaria é salutar e agradável e aconchegante.

Arthur é um idiota, ela respondeu.

Havia alguém no apartamento com ela. Eu podia ouvir o som de um rádio na sala, um comentário sobre uma corrida de cavalos.

Sim, disse Marie, corre o boato de que uma mulher misteriosa está deitada na minha cama e ouve as corridas.

O quê, mesmo à meia-noite?

Especialmente à meia-noite. Como você está se sentindo agora?

Nada bem.

Minha mão pairou sobre o botão de encerrar chamada.

Não vá. Julia quer falar com você. Fique aí, Elsa. Fique aí.

Entendi que ela estivera apenas preenchendo o tempo enquanto Julia ouvia o resultado das corridas.

Uma mulher apareceu na tela com uma garrafa de vinho na mão. Seu cabelo prateado estava penteado para trás num rabo de cavalo bolha. Parecia uma fileira de bolas de Natal, elegantes e brilhantes, penduradas em seu ombro esquerdo.

Hallo, ela disse. Marie me contou que agora você ensina piano para crianças?

Era óbvio que elas tinham acabado de fazer amor e se vestiram especialmente para aquela ligação. Julia usava jeans de cintura baixa e um cinto Chanel. Sua máscara, uma N95 preta, estava pendurada em seu pulso. Talvez ela a tivesse usado na cama. Marie desapareceu da tela.

Julia me contou que tinha acabado de voltar de Nice. Tinha muito a dizer sobre a luz brilhante do mar, a estátua de Garibaldi na praça do Café de Turin, o bacalhau salgado, o brilho da Côte d'Azur. Uma pequena verruga preta flutuava acima de seu lábio.

Mas Elsa, ela disse, tenho mais uma coisa para te contar. Eu estava naquele concerto.

Qual concerto?

Eu estava lá em Viena. Estava lá para te ouvir tocar o "Concerto para piano n.º 2" de Rachmaninov no Salão Dourado. Na verdade, os ingressos estavam esgotados e eu estava entre as duzentas pessoas de pé.

A voz de Julia era suave e baixa. Seu rosto preenchia a tela.

É verdade que perdemos o segundo concerto para piano de Rachmaninov, disse ela, mas durante dois minutos e doze segundos ouvimos Elsa M. Anderson tocar algo que nos fez parar de respirar.

Enquanto ela falava, olhei para as árvores acima da fonte de pedra em frente ao meu apartamento. Suas raízes fluindo para a frente e para fora, espalhando-se sob o asfalto do Boulevard Saint-Germain.

Era evidente que alguma coisa estava acontecendo com nossa virtuose, disse Julia, agora franzindo a testa. O homem da batuta ouviu seu desvio, poderia ter acalmado a orquestra, poderia ter criado silêncio. Afinal, você não é uma iniciante. Poderíamos ter ouvido o primeiro concerto de Elsa M. Anderson, e não o segundo de Rach.

Os que dormiam na rua tinham feito suas camas perto da fonte de pedra. Eu sempre tinha medo de um dia me juntar a eles.

Estávamos com você, ela continuou, mas o cara da batuta estava atrapalhando, o ego dele, os gestos amplos, regendo com a cabeça, tocando para a multidão. E, quando seu piano se separou da orquestra, a maneira como ele se virou e apontou a batuta em sua direção... foi terrível. Terrível. Mas estávamos lá para ouvir você, e não a ele. Ouviríamos qualquer coisa que você tocasse.

Observei o tráfego fluindo sobre o asfalto do Boulevard Saint-Germain. Por baixo, as raízes das árvores se estendendo para fora. Um mundo inteiro respirando debaixo dos táxis e ônibus noturnos. Era verdade que o maestro estava de costas para mim. Afinal, ele trabalhava para a orquestra à sua frente. Virou-se para ver o que estava acontecendo com sua pianista. Era verdade que ele começara a comunicar sua consternação ao público. Não com palavras, mas com gestos. Girando a batuta em círculo perto das orelhas, batendo na própria cabeça com a batuta, encolhendo os ombros em desespero, fazendo o público rir. Apesar da sua provocação, minhas mãos se recusaram a tocar para ele.

Tomei um gole do chá de gengibre.

Não é possível silenciar uma orquestra inteira, eu disse. Eles têm um trabalho a fazer. Estavam ensaiando havia meses.

É possível, sim, disse Julia. Ele era o homem com a batuta. É seu trabalho liderar a orquestra. Ele poderia ter feito história. Poderia ter criado um espaço para que nós te ouvíssemos.

Depois de apertar o botão de encerrar chamada na noite fria sob a lua de Maubert, deitei-me na cama e um intenso ataque de choro tomou conta de meu corpo.

17

Temos que nos defender do amor? Arthur tinha me enviado uma mensagem:

Cada dia em que não ouço você tocar me deixa mais surdo.

Eu não conseguia parar de pensar nos surdos enquanto carregava o lixo para a lixeira, ainda fraca e trêmula depois das horas de choro. A concierge era portuguesa. Morava com a família no apartamento à direita do elevador. Queria saber se eu tinha encontrado meu telefone. Sim, um homem de Dresden me devolveu, eu disse. Ela olhou para o saco de lixo em minha mão. Era seu marido, contou, quem cuidava das lixeiras, mas era importante amarrar o plástico num nó apertado porque havia ratos no prédio.

Mas os ratos têm dentes, eu disse. Eles podem entrar, mesmo com um nó mais apertado.

Ela sorriu e balançou a cabeça. Sim, mas temos que dificultar a vida deles. Ficaram tão confiantes que estavam fazendo xixi no elevador. Ela me disse que fazia limpeza extra em alguns apartamentos. Havia pessoas ricas lhe contando como a pandemia fez com que todos percebessem que pessoas como ela eram verdadeiramente valiosas.

Nunca tinha lhe ocorrido, ela disse, que não fosse valiosa.

Caminhei até Odéon para fazer um teste de antígeno numa tenda desmontável de testes perto do metrô. Rajesh agora tinha o vírus. Foi um choque, ele gemeu, ver de repente duas linhas vermelhas, e não uma, aparecerem no retângulo branco *made in* China. Melhor eu estocar comida. Sua vizinha, Alizée, acabara de lhe trazer um monte de fígado de bezerro. Não apenas ele era vegetariano, não apenas a vaca era sagrada e seus filhos também, mas tinha sido Alizée quem lhe transmitira covid, para começo de conversa. Eu só estava ouvindo pela metade, porque sentia dor de cabeça e não conseguia parar de espirrar. Cancelaria minha aula com Aimée, iria para a cama, iria me preparar para ficar sem ar e morrer.

O teste deu negativo.

A caminho da segunda e última aula com Aimée, passei por uma estátua de Montaigne, o filósofo. Algo me fez estender a mão e tocar seu sapato de bronze. Estava brilhante, então imaginei que outros transeuntes tivessem feito a mesma coisa. Por que todos queríamos tocar o sapato dele?

Havia uma tira ao redor do tornozelo. E uma fivela.

Aimée parecia preocupada e nervosa. Perguntei no que estava pensando. No início, ela me ignorou e só ficou martelando o piano. Notei que tinha unhas muito afiadas. Pintadas de rosa. Depois de um tempo, disse-lhe que fizesse uma pausa e eu tocaria Satie para ela, do começo ao fim. Ela pareceu entusiasmada com a sugestão. De repente percebi que me admirava. Depois das horas de choro da noite anterior, fiquei tocada e comovida com seu respeito. Ela até limpou o banco do piano com o cardigã e me perguntou onde eu gostaria que se sentasse. Eu disse para puxar uma cadeira e se sentar comigo ao piano. Estava de acordo que eu deveria tocar devagar e com tristeza? Depende, ela disse, é mais como uma pergunta que ele faz e cuja resposta não quer saber.

Enquanto eu tocava a "Gymnopédie n.º 1", ela começou a falar. O que estava em sua mente era algo relacionado à sua gata de infância. Uma siamesa. Gostava de comer flores, mas acima de tudo adorava mimosas. Então ela colhia um buquê de vez em quando e a gata devorava as flores amarelas. Acho que era como uma droga, disse Aimée, como uma droga psicodélica. Essa mesma gata sempre dormia na barriga de Aimée, debaixo dos cobertores, quando ela estava com treze anos. Em fevereiro, quando as mimosas brotavam, Aimée teve bronquite, então o médico de família foi chamado ao apartamento. Ele levantou o cobertor para ouvir o coração dela com seu estetoscópio frio. Houve um momento em que o estetoscópio pressionou contra seu peito. Contra seu mamilo, na verdade, que não tinha nada a ver com o problema respiratório. E então o outro seio. A mesma coisa. O estetoscópio pressionou. Exatamente como antes. Ela podia ver a excitação dele. A gata, que dormia sobre sua barriga, deu um pulo e arranhou o rosto dele. Três vergões profundos. Ele sangrava da testa até o queixo. Pediu que matassem a gata.

Alguém batia à porta. Duas batidas. A mãe de Aimée chegou para nos avisar que a aula havia terminado e que sua filha agora precisava se concentrar no dever de casa de história. Concordamos em trinta minutos a mais. Durante essa conversa, essa barganha por mais tempo, a mãe me olhou suplicante, insinuando com o olhar que a filha era desequilibrada. Fechei a porta e continuei a tocar a composição mais popular de Satie. Ambiente. À frente do seu tempo. Só apreciada vinte anos depois de escrita. Peguei a interpretação de Aimée e, enquanto conversávamos, toquei-a como uma pergunta dolorosa flutuando no tempo.

E se tivesse sido você, eu disse, quem erguesse os braços e arranhasse o rosto do médico?

Não precisei fazer isso. A gata era minha protetora.

Quer dizer que sua gata fez o que você queria fazer?

Sim.

Onde estavam seus pais?

Ah, ela riu, mas a risada não era para valer. Eles respeitam a autoridade. Por isso, quando um médico lhes diz para sair do quarto, eles obedecem. Seu humor era inusitado. O médico disse ao pai dela que viu a gata num campo quando estava dirigindo na rodovia para a Normandia. Ela espreitava as ovelhas, esperando para atacar, uma verdadeira assassina.

O que aconteceu com o médico?

Minha siamesa o assustou, ela disse. Ele não voltou. Ouvi dizer que morreu de ataque cardíaco em Le Havre. Seus dedos encontraram as teclas e ela assumiu o meu lugar. Eu gostaria de ter uma vida como a sua, ela sussurrou, uma vida viajando pelo mundo para dar concertos.

Onde estava a gata agora?

Morando com a sua avó no campo.

Ela queria que eu soubesse que tinha um namorado. Eles foram acampar no fim de semana anterior e fumaram maconha na barraca e jogaram pôquer. Ela estava bem, disse; estava ardendo porque ninguém acreditava nela. Estava ardendo fazia três anos.

Mas, vem cá, por que você sempre usa esse chapéu?

Temos que estar em ré sustenido.
Desculpe. Ela corrigiu seu erro.

Falei dos cavalos dançantes em Atenas e da mulher que os comprara. De como eu estava convencida de que ela era uma espécie de duplo psíquico. Às vezes, eu disse, ela e eu conversamos.

Apreciei o olhar longo e tranquilo que Aimée me lançou naquele momento. Seus olhos castanho-claros fazendo uma avaliação. Quão sã ou louca era sua professora, que claramente tinha chorado a noite toda? Isso importava? Aimée tinha outra pergunta sobre a mulher que comprara os cavalos:

Mas por que ela diz o que você pensa em seu lugar?

Bem, eu disse, você terá que fazer essa pergunta à sua gata.

Eu gostava de observar as lindas garras rosadas de Aimée nas teclas do piano.

Para deixar registrado, voltei-me para Aimée, acredito em você. E fico feliz que a gata estivesse do seu lado e tenha eliminado seu predador.

Ela pareceu confusa mas interessada.

Você derramou um pouco de água nas minhas chamas, ela disse.

Levantei-me e a deixei debruçada sobre o piano, um Érard de jacarandá polido.

O médico pediu mesmo que matassem a gata?

Não. Ela olhou para mim. Esse foi o único detalhe que eu inventei.

Rimos por um tempo. Uma risada estranha. A liberação de uma raiva profunda.

De repente ela demonstrou um pouco mais de gentileza em ré sustenido.

É nossa última aula e estou triste, ela disse. Obviamente, sei tocar o Satie, só queria te conhecer. O que você vai fazer amanhã?

Eu disse que tinha um encontro com um cineasta que havia conhecido num barco na Grécia.

Faça o que fizer, Elsa, não fume charuto nesse encontro.

Eu não fumo charuto.

Fuma, sim. Posso sentir o cheiro em suas roupas. Aimée pegou seu frasco de perfume que cheirava a figos e borrifou teatralmente em meus pulsos.

Enquanto eu caminhava pelo corredor, a mãe dela me perguntou diretamente sobre o estado de espírito da filha.

É verdade que seu médico de família morreu?, perguntei de volta, diretamente.

Sim, é verdade, ela respondeu.

Você deveria ouvir sua filha.

Ela me disse que fazia uma eternidade que ouvia sua filha tocar piano.

Não, você precisa ouvir as palavras dela.

Não gosto de palavras, ela retrucou bruscamente, foi por isso que forrei o banheiro do apartamento da minha mãe com a "Patética".

18

Da última vez que vi Tomas, tínhamos puxado a cauda para cima a fim de nos beijarmos sob as estrelas de Poros. Será que eu me arrependia de tê-la puxado para baixo de novo? Para evitar falar de coisas embaraçosas, metemos a cabeça no fundo do mar. Quando emergimos, continuamos sem trocar palavras. Estávamos nus, bêbados e confusos. Enquanto procurávamos nossas roupas na praia deserta, encontrei um isqueiro dourado enterrado na areia. Fora projetado para parecer uma barra falsa de ouro verdadeiro, com a palavra *Champ* gravada na base em vez de uma marca registrada. Guardei o isqueiro como lembrança. Tinha uma chama forte como aquela noite em Love Bay. E era ouro como um tesouro encontrado num naufrágio.

Ele havia reservado uma mesa para almoçarmos numa *brasserie* na Bastilha. Cheguei cinco minutos antes da hora. A calçada em frente à *brasserie* estava sendo escavada por homens com britadeiras e fones presos aos ouvidos. Foi uma batalha passar pela porta. Tirei meu chapéu de feltro preto e entreguei ao garçom. Ele o pendurou num suporte de madeira que vibrava com o impacto da perfuração externa. Parecia estar cheio de energia nervosa naquele canto da *brasserie*. Ele pediu desculpas pelo barulho e apontou para nossa mesa reservada. Uma taça de champanhe por conta da casa, disse, logo chegaria até mim.

Quando Tomas entrou, tapou os ouvidos com as mãos e sugeriu que comêssemos em outro lugar. Discutimos o assunto como um velho casal, mas quando o garçom chegou com duas taças de champanhe grátis, tornamo-nos estranhos novamente e decidimos ficar.

Tomas pediu doze ostras e dois ouriços, que, segundo ele, iam nos recordar nossa viagem de barco em Poros.

Ele estava mais à vontade em sua cidade adotiva. Uma orquídea saltava da lapela de seu paletó. Disse-me que havia aceitado um pequeno trabalho extra. Era bom fazer uma pausa no documentário sobre Agnès Varda. Concordou em dirigir um filme de doze minutos sobre o quarto de Marcel Proust. Para entrar no espírito de Proust, que todos os dias usava uma orquídea fresca na lapela, às vezes ele comprava uma orquídea fresca também, mas só quando tinha um encontro com alguém por quem nutria carinho e sentimentos calorosos.

Brindamos.

Perguntei a Tomas o que havia de especial no quarto de Proust.

Estava forrado com placas de cortiça por causa da asma e das alergias. A cortiça ajudava a evitar o pólen e a poeira. E, claro, Tomas fez uma careta, isso tornava o quarto à prova de som. Talvez esta *brasserie* também devesse revestir as paredes com cortiça?

A perfuração havia parado por um tempo.

Pedi para nós uma garrafa de vinho, um Muscadet, que o garçom explicou ser de onde o Vale do Loire encontra o Atlântico. Da última vez que estive num pub em Londres, o garçom descreveu o vinho que eu tinha escolhido como sendo meio *caipira*. Será que ele queria dizer que tinha gosto de lama? É um vinho natural, ele dissera vagamente.

A perfuração recomeçou e ninguém mais conseguia ouvir ninguém.

Tomas continuou a conversa, levantando a voz, mas só ouvi a palavra *tecnologia*.

O que você disse sobre tecnologia?

Existe um programa, disse ele, em que você pode gravar a voz de uma pessoa famosa e depois escrever um roteiro, e todo o roteiro pode ser narrado na voz real dessa pessoa.

Ele estava tentando, sem sucesso, encontrar uma gravação da voz de Proust.

Eu disse que era errado usar a voz do próprio Proust. Ele quis saber por quê.

Você roubou a voz real dele. Uma coisa é colocar seus pensamentos na boca dele, mas não na voz dele.

Bem, você e eu não concordamos sobre esse assunto, gritou Tomas em resposta, e também não vamos concordar sobre aquela noite em Poros. Você não vai gostar do meu roteiro.

A perfuração parou por alguns segundos.

Então o que você acha que aconteceu?

Não vale a pena o escrutínio. Eu queria trepar com você, ele gritou para todos no restaurante, mas você não queria a mesma coisa.

A perfuração recomeçou.

Bem, concordo, eu estava praticamente gritando agora, mas você pode dizer "Ela não queria trepar comigo" com a sua própria voz e não com a minha.

Ele havia cortado o cabelo mais curto e usava um terno.

As ostras foram levadas à mesa numa bandeja de aço inoxidável lotada de gelo picado. Aparentemente, os ouriços tinham acabado. Alguém havia pedido seis deles antes de nós. Tomas sugeriu que eu colocasse meu biquíni, pegasse um garfo e fosse caçá-los.

Você é cruel, ele disse.

Talvez eu seja.

O garçom serviu uma taça de Muscadet para cada um de nós. Sentir o gosto daquela primeira ostra em minha língua, na Bastilha, foi como ser devolvida ao oceano. A poeira do metrô ainda nas minhas roupas, nos meus cabelos, o trânsito e as sirenes ainda na minha cabeça, Paris nas solas dos meus sapatos. Tomas inclinou-se para a frente e bateu no meu nariz com o dedo, que estava frio por causa do gelo.

Na verdade, sua própria voz é bem estranha. Isto é, seu sotaque. Seu sotaque inglês. Não consigo identificá-lo.

Nasci em Ipswich, eu me ouvi contar a ele. Morei lá durante os primeiros seis anos da minha vida.

E, então, como andam as coisas em Paris?, ele perguntou, como se eu tivesse dito algo sem importância. Ainda está lendo sobre Isadora Duncan?

Sim. Ela passava fome com frequência na infância. A mãe tricotava luvas e chapéus para que Isadora pudesse vender de porta em porta. Às vezes elas não tinham dinheiro para encontrar um lugar onde passar a noite.

Por que você está tão interessada?

Acho que minha própria mãe devia ser pobre.

Não sabe ao certo?

Sei, sim.

A perfuração recomeçou. O tempo e o espaço entre os momentos em que parava e recomeçava eram muito carregados. Dez segundos, três segundos, um minuto. Isso me lembrava do trator encalhado no campo perto de Ipswich, com o motor também começando a funcionar c parando. Minha mão pousou no gelo picado em que as ostras estavam empoleiradas. Quando eu disse "Sei, sim", vislumbrei novamente, em Paris, o que havia acontecido comigo na estação de St. Pancras, em Londres. O piano, o grande Bösendorfer, sendo puxado pelo trator até a casa da família que me acolheu. Mas algo novo estava acontecendo. Algo incrível. Os homens separaram o trator do trailer. Houve gritos. E então silêncio. Um fazendeiro levou dois cavalos até o campo. Foram os cavalos que puxaram o trailer pelo campo em direção à casa da minha infância. Ao mesmo tempo, Tomas falava, seus lábios se mexiam, o garçom pairava por perto, nossos copos de vinho estavam vazios e agora Tomas olhava para algo ao longe, como quem olha para o horizonte a fim de debelar um enjoo.

Meu piano havia chegado.

Era um piano sério.

Era engraçado, disse Tomas, que não tenhamos feito amor numa praia chamada Love Bay.

Se o amor pudesse falar, como seria? O grande Bösendorfer havia chegado à casa. Eu toquei nele e ele me tocou de volta. Pensava nele como o corpo da minha mãe. Nunca mais seríamos separados um do outro.

Buscando por ela no piano.
Buscando por ela no chapéu.

Tomas sugeriu que fôssemos tomar café em outro lugar. Depois ele teria que voltar ao filme sobre o quarto de Proust. Queria saber se eu tinha lido *Em busca do tempo perdido*, que em inglês se chamava *Remembrance of Things Past* – mas, dependendo da tradução, às vezes se intitulava *In Search of Lost Time*.

Em busca em toda parte. Todos os dias.

19

Todos os dias eu me deslocava até a piscina Joséphine Baker, às margens do Sena. Fora construída numa barcaça. Eu podia nadar no Sena sem estar realmente nele. Por enquanto, era uma nadadora horizontal. Estava convencida de que a mulher que tinha comprado os cavalos pensava em mim. Era urgente encontrá-la. Aqueles eram meus preciosos dois últimos dias em Paris antes de voltar a Londres. Caminhei durante horas, sozinha, pelo Jardim de Luxemburgo à sua procura. Ela estava com os cavalos que tinham puxado o corpo da minha mãe mais para perto de mim. Que utilidade tinham para ela?

Pensei tê-la visto parada perto do caixa eletrônico do banco no Boulevard Raspail. Estava de costas para mim, alta e magra, com calça preta justa e uma blusa vermelha justa, de *chiffon*, enfiada para dentro da calça. Foi até o Café Le Select do outro lado da rua, então eu a segui. Ela estava lendo um jornal. Um homem caminhou até sua mesa e a beijou nos lábios. Então ele se sentou e ela o beijou nos lábios. Então ela o puxou para mais perto e o beijou novamente. Não me parecia provável que meu duplo se banhasse na praia do amor. A mulher do Le Select não estava tanto na praia, mas no fundo do mar.

Talvez eu vá estar.

Talvez você vá estar o quê?

Para sempre.

Para sempre o quê?

Eu não tinha que responder todas as vezes à mulher que comprara os cavalos.

Na noite anterior, havia sonhado que ela e eu teríamos que nadar até uma ilha. Faríamos o percurso à noite. Sugeri que alugássemos um barco, mas ela preferia nadar. Na verdade, estávamos entusiasmadas com isso, sentíamos que tínhamos condições de fazê-lo, que éramos capazes de realizar aquele percurso. Enquanto nos preparávamos mentalmente para a longa viagem, ela experimentava uns sapatos brancos da moda, com solas grossas e fivelas douradas. Compreendi então que havíamos mais ou menos concordado em nadar de algum lugar seguro (casa) até algum lugar desconhecido (a ilha), mas estávamos adiando a saída porque ela experimentava sapatos. Aqueles sapatos brancos não eram do tipo que ela normalmente escolheria usar, mas eu dizia que lhe caíam bem. Perguntei-me se eu tinha interrompido o percurso arriscado que precisávamos fazer, introduzindo os sapatos brancos para adiar o momento em que partiríamos.

A concierge deixou uma mensagem sobre as chaves do apartamento em Saint-Germain. Eu deveria devolvê-las a ela precisamente às duas e meia daquela tarde. Eu já havia guardado na mala minhas roupas e livros e verificado o número do assento no Eurostar. Ainda eram onze da manhã, então atravessei a rua para tomar um café perto da estação de metrô Maubert-Mutualité.

Da minha mesa no terraço, olhei para a loja de queijos do outro lado da rua, a loja de vinhos, o açougue e os cinco táxis estacionados em fila. Escrita com giz no quadro-negro do café estava a informação de que haveria happy hour das cinco da tarde às oito da noite. Os garçons ainda usavam máscaras, mesmo para as happy hours, cordões brancos por cima das orelhas.

Depois de um tempo, um morador de rua me pediu um dinheiro. Naquele momento, o sol de inverno iluminou minha mesinha no terraço. Seus raios aqueceram meu rosto, e quando meus dedos, agora iluminados pelo sol, remexeram na bolsa, descobri que não tinha nenhum troco. Entreguei-lhe a nota de cinquenta euros que havia guardado ali dentro, junto às chaves da minha porta em Londres. O estranho, especialmente depois do sonho da noite anterior, era que também havia uma roupa de banho úmida na bolsa. Ele queria que eu lhe desse a roupa. Gesticulava para que eu lhe entregasse o maiô surrado de alças cruzadas. Seu desejo por ele era intenso.

Achei que ele poderia até chorar quando recusei. Ao mesmo tempo, sentia-me atormentada pelo arrependimento de não ter nadado até a ilha com meu duplo no sonho. Ó mundo destroçado, capturaste minha mente. Não investi naquele nado em direção ao amor.

Depois que ele foi embora, agora segurando meu maiô úmido, fiquei por alguns minutos me aquecendo, talvez até me banhando, naquele sol dourado de novembro.

Senti-me grata por seu calor momentâneo, porque meu casaco estava na lavanderia da Rue des Carmes. Quando olhei para o bilhete branco, dizia que estaria pronto no sábado. Era terça-feira e eu estava de partida para Londres. Então, agora eu não tinha casaco em Paris, em novembro, nem roupa de banho.

O garçom me dizia algo.

Madame, se ele pedisse seus sapatos a senhora daria? Se ele pedisse seu chapéu, a senhora daria? Ele é seu primo?

O sol já havia seguido seu curso, como devia, como todos nós devemos seguir nosso curso, e foi isso que pensei que o sonho estava tentando me transmitir. Um pequeno carro amarelo parou no sinal. De pé na caçamba havia quatro lhamas. Olhei melhor para ver se poderia ser verdade. O sinal fechado demorou muito para abrir, e era verdade. As cabeças de todas apontavam para a mesma direção. Ou seja, estavam olhando para a direita, então olhei para a direita. Elas olhavam para as lâmpadas penduradas nos andaimes das barracas do mercado na Place Maubert. Como é sereno, pensei, ficar sentada quieta por um tempo, num só lugar. É possível que passe um carro amarelo com quatro lhamas de pé na parte de trás.

E é certo que algum pobre vai lhe pedir dinheiro.

As lhamas eram como uma pausa suave e calmante se comparadas aos cavalos que tinham puxado o piano pelo campo até a casa da minha infância. Eu sabia que voltaria a Paris para encontrar meu duplo e pegar meu casaco na lavanderia.

20
Londres, dezembro

Rajesh foi morar comigo durante o período do Natal.

Ele havia comprado recentemente uma gatinha e dera a ela o nome de Lucy. Disse que queria um nome calmante porque estava convencido de que todos estaríamos extintos em breve. Estávamos vivendo o fim dos tempos, no que lhe dizia respeito. A inflação aumentaria, o nível do mar aumentaria, todos ficariam sem trabalho e submersos. A gatinha também foi morar comigo. Eu gostava de ver suas patas macias andando pelas teclas do meu Steinway, que Rajesh havia descoberto e às vezes tocava para tentar me atrair para o instrumento. Ela era preta com a barriga branca e pulava alegremente pelo apartamento o dia todo e a noite toda. Montamos uma bandeja sanitária no banheiro. Por alguma razão, toda vez que jogávamos xadrez Lucy saía da sala e ia até o banheiro. A maneira como ela organizava seus rituais de toalete encantava Rajesh.

Sabemos demais sobre os hábitos pessoais um do outro, murmurou ele, pegando sua gata e beijando-lhe as orelhas. Estamos indo jogar xadrez, Lucy. Não está na hora de cagar?

À noite, quando jogávamos xadrez, o cavalo me lembrava as lhamas que tinha visto naquele carro amarelo em Paris. Enquanto eu lutava com a mente caótica de Rajesh no tabuleiro de xadrez – o que ele estava fazendo com sua dama? – contei-lhe sobre a siamesa de Aimée.

Acho que o médico de família tentou molestá-la. Essa é a impressão que ela me deu. A gata era seu duplo, botou-o para correr. Os olhos de Rajesh se encheram de lágrimas. Seus cílios eram longos e sedosos.

Você não tem histórias mais relaxantes?

Não.

Eu era sereno quando era adolescente, ele disse. Fiquei neurótico aos vinte anos, quando comecei a beber *smoothies* de abacate e a tentar só ter pensamentos positivos.

Minha vizinha Gaby, abreviação de Gabriella, veio trazer frango frito embalado para viagem. Gaby queria saber do meu novo amante. Que novo amante? Ora, você está usando o chapéu dele. Não, eu disse. Não é o chapéu dele. É o chapéu dela. E, aliás, Rajesh é só um amigo.

Era como se eu estivesse mantendo o chapéu como refém no norte de Londres. Ele dormia num gancho atrás da porta da sala. Não era uma presença calma, era mais como uma pergunta flutuando no tempo, que em Londres era uma hora atrás de Paris, duas horas atrás de Atenas.

Eu tinha esquecido de dizer a Aimée que Erik Satie achava falta de educação perguntar qual o sentido de uma pergunta.

Gaby abriu a caixa de frango frito e me passou um garfo de plástico. Tinha havido recentemente um escândalo numa cidade costeira britânica. Uma mulher encontrou três pequenas penas em seu frango frito. Num primeiro momento, pensou que fossem perninhas. Arrancou as penas, e havia uma foto delas no jornal, na palma da sua mão. O gerente aparentemente explicou que aquilo não estava de acordo com os altos padrões habituais de seu *fast fry*, mas as penas eram inofensivas. Rajesh achou bom recordar o animal, um equivalente a encontrar um dente de porco na salsicha. Abriu todas as janelas enquanto Gaby e eu comíamos o frango, como se de alguma forma o pássaro pudesse voar para longe.

Quando Gaby foi embora, deitamos no chão e ouvimos a "Morning Raga", de Ravi Shankar. Era meia-noite. A gatinha brincava com uma bola na árvore. Nossos presentes estavam embrulhados e dispostos sob as luzes cintilantes que trançamos por entre seus galhos. Era como se estivéssemos esperando alguma coisa, mas não era dia de Natal.

Rajesh me convenceu a ensaiar um duo de piano e clarinete a fim de tocar para Arthur. Cada vez que tocávamos juntos havia algo parecido com a ideia de uma carga erótica na sala. Nós dois sabíamos disso e tentávamos ignorá-la, mas estava ali, como a primeira neve de inverno que havia caído na margem lamacenta do Tâmisa. Na maré baixa, tínhamos ido catar objetos na lama. Para minha surpresa, Rajesh revelou que costumava passar os fins de semana na costa, perto da Ponte de Southwark. Havíamos encontrado o fornilho e o tubo quebrado de um cachimbo de barro ornamentado. Rajesh achava que era do século XVIII, quando cada aldeia teria o próprio fabricante de cachimbos de barro.

Era quando ele tocava clarinete que sua beleza florescia plenamente, mesmo na neve do inverno, sua respiração longa e profunda, o modo como molhava a palheta com saliva antes de prendê-la na boquilha.

Durante um de nossos ensaios, Marcus me chamou por FaceTime. Elu estava escrevendo música agora e tinha gostado da tarefa de compor algo que durasse dois minutos e doze segundos para o violoncelo. Trabalhar com Bella mudara a vida para melhor.

Eu não sabia como começar a dizer a Bella que estava passando tanto tempo com Rajesh. Por esse motivo, não respondi a várias mensagens de texto suas, todas sobre suas aulas com Marcus.

Na verdade, eu estava tão ansiosa para deixar de lado o assunto "Bella" que contei a Marcus sobre como Isadora Duncan abrira uma escola de dança na Alemanha. Ela finalmente ganhara algum dinheiro com suas apresentações internacionais. Era um alívio tão grande, eu disse, pensar que Isadora, que com frequência havia ido para a cama com fome quando criança, agora tinha muita grana. Comprou uma *villa* em Berlim e móveis na loja de departamentos Wertheim.

O que ela comprou?

Eu podia ouvir Marcus bocejando na ilha de Poros.

Comprou quarenta caminhas para seus alunos. E colocou uma estátua de uma guerreira mítica no salão principal da *villa*. Queria criar um paraíso para as crianças. Nenhuma delas passaria fome. Todas seguiam uma dieta vegetariana e dançavam ao som de Beethoven e Brahms e da "Marcha fúnebre" de Chopin.

Tá, disse Marcus, elas eram órfãs?

Não sei.

Talvez eu seja.

Talvez você seja o quê?

Marcus me contou que o internato do irmão na Grã-Bretanha não se parecia em nada com a escola de Isadora.

Na verdade, era o oposto, pelo que podia perceber. Não era para cima e para fora. Nada de saltitar e se dobrar.

Talvez todos devessem brincar de Isadora em vez de jogar rugby? É possível começar uma guerra enquanto se saltita por aí com uma toga diáfana?

Rajesh interrompeu para salientar que os antigos gregos, que usavam togas, estavam sempre em guerra.

Meu pai também está sempre em guerra, disse Marcus, e usa rabo de cavalo comprido e tênis. Minha mãe também está sempre em guerra, principalmente com meu pai, e usa brincos de diamante.

Talvez eu fosse.
Talvez você fosse o quê?
Uma órfã.

Depois daquele telefonema, fui sozinha comprar dois *tomatillos* no novo mercado orgânico em que tudo custava os olhos da cara. Era uma fruta vermelha feito sangue menstrual, doce e carnuda.

21

Provei um *tomatillo* pela primeira vez na Colômbia, com Arthur, quando tinha trinta anos. Estávamos passando dois dias em Cartagena depois de um concerto em Bogotá. O suculento *tomatillo* era a única fruta que Arthur comia na Colômbia. Estava convencido de que o "peixe cru", que era como ele chamava o ceviche servido em todos os lugares, iria matá-lo. Sobrevivia principalmente à base de batatas fritas sabor queijo até descobrirmos que a equipe do hotel servia um *tomatillo* no café da manhã todos os dias. Com formato de ovo grande, seu sabor era agridoce, revigorante, talvez semelhante ao de um maracujá. Na manhã em que descobrimos o *tomatillo*, um pássaro azul-escuro com olhos dourados e cauda longa pousou na nossa mesa e se posicionou perto do cesto de pão. Seu olho dourado esquerdo começou a inchar e se expandir, como se fosse pular para fora da cabeça, e de repente ele fugiu com o nosso pão no bico. Era como se pudéssemos literalmente ver o planejamento do roubo do pão em seu olho esquerdo.

Sim, disse Arthur, quando estamos possuídos pela inspiração, feito esse pássaro, o corpo se altera, se transforma.

Eu estava possuída pela inspiração. Assim que cheguei em casa, abri os *tomatillos*, retirei as sementes pretas e as plantei numa bandeja de plástico preta. Todos os dias regava-as e esperava. Uma folha de grama apareceu uma semana depois. A grama tremia se eu tocasse nela. À medida que as mudas surgiam, comecei a pensar naquela única folha como uma mãe, ou uma mestra de cerimônias. Aquela única folha de grama apresentava as mudas jovens umas às outras. Estava ficando mais alta e agora tinha três lâminas. As lâminas se curvavam para alcançar as mudas mais novas. Estavam definitivamente conversando umas com as outras.

As mudas tinham cheiro de meia-noite e de pedras quentes na chuva.

Feito ela.

22

No dia de Natal, Rajesh e eu tocamos "Rhapsody in Blue", de George Gershwin, para Arthur. Colocamos meu telefone numa estante de partitura e começamos o concerto por FaceTime. Rajesh deu tudo de si, respirando fundo, dobrando os joelhos, ficando na ponta dos pés. Arthur estava sentado numa poltrona, enrolado num xale de veludo vermelho. Havia um livro em seu colo. Ele parecia magro e frágil. Às vezes fechava os olhos, como se aquilo também fosse algo que tivesse de suportar. Seu vizinho, Andrew, estava sentado perto dele e de vez em quando ajeitava o xale por baixo das canelas de Arthur.

Rajesh, você ficou tão gordinho, Arthur sussurrou.

Era tudo o que ele tinha a dizer sobre o concerto.

Quando Rajesh desapareceu na cozinha para preparar peixe com molho de tamarindo, deixei o telefone na estante de partitura e o segui. Meu Deus, como odeio o rei anão, ele sussurrou. Você acha que eu estou gordinho? Balancei a cabeça e disse que Arthur estava demente, provavelmente tendo alucinações. Rajesh começou a pilar gengibre e alho furiosamente.

Voltei para Arthur na tela. Ele havia aberto o livro em seu colo. Para não ficar atrás da nossa performance, declarou que queria recitar suas palavras favoritas de Walt Whitman.

Eu as conhecia de cor, de todo modo. Ele as lia para mim desde os meus doze anos.

> [...] descarte tudo o que insulta a sua alma; e sua própria carne será um grande poema e terá a mais rica fluência não apenas nas palavras, mas nas linhas silenciosas dos lábios e do rosto, e entre os cílios dos seus olhos, e em cada movimento e articulação do seu corpo.

Rajesh agora gritava da cozinha. Algo sobre sua alma ter sido insultada por Arthur e o quanto ele o detestava em cada articulação do seu corpo e entre os pelos debaixo dos seus braços e entre o silêncio de cada arrepio em suas bolas.

O rosto de Andrew apareceu na tela. Ele era magro, com olhos de um azul gélido. Aparentemente, eles iam sair agora para o almoço de Natal com o farmacêutico e sua esposa.

Pedi a ele que devolvesse o telefone a Arthur.

Elsa, Arthur disse, onde você está?

Estou em Londres.

Ainda azul?

Arthur, deixe eu te mostrar as mudas de *tomatillo* que plantei para você.

Levei meu celular até as bandejas que agora cobriam o parapeito da janela e apontei a câmera para as folhas em formato de coração, frágeis e perfeitas.

Minha querida, ele disse, vamos nos encontrar sob seus galhos carregados de frutas quando a pandemia acabar.

Arthur, respondi, acho que você conheceu minha mãe.

O rosto de Andrew apareceu na tela.

O Maestro está cansado, pare com isso.

Ela foi sua aluna?

Quem?

Minha mãe.

Essa era a conversa que ele temia desde que me adotou.

Você vai ter que ler os documentos.

As luzinhas brilhavam na árvore que Rajesh e eu tínhamos decorado juntos. Licores de chocolate pendiam dos galhos. O gatinho tocou num deles e depois puxou. Era o Natal mais caseiro que eu já tivera na vida. Era como se vivêssemos dentro de uma das imagens dos calendários do advento disponíveis nas lojas de outubro em diante. Rajesh celebrava o Diwali mais do que o Natal. Tinha feito tudo por mim.

Mostre-me os *tomatillos* de novo, Arthur disse, a voz sibilante.

Virei o telefone de novo ao parapeito da janela.

Ah, Arthur entoou, assim como Walt Whitman inseminou a poesia estadunidense com o verso de cadência longa, as sementes de *tomatillo* me inseminaram, e agora eu sou um pomar.

Rajesh andava mal-humorado pelo apartamento, de short e sandálias de couro, enquanto o peixe cozinhava. Não parecia sentir o frio. Talvez ainda estivesse magoado com o comentário de Arthur. Preparei um negroni de Natal para nós dois enquanto ele fazia a barba no banheiro, observado por Lucy em sua bandeja sanitária. Ele sempre ouvia *Piano Works,* de John Cage, pela manhã.

Ouvi sua conversa com Arthur, ele disse durante o almoço.

Com uma colher e uma faca, removeu habilmente a suculenta polpa branca do pargo. Tinha uma espinha dorsal comprida. Naquela manhã, ele havia acordado uma hora mais cedo do que de costume para deixar o tamarindo de molho em água fervente antes de transformá-lo em polpa.

Por que você acha que ele conheceu sua mãe biológica?

Ora, Rajesh, como ele sabia a meu respeito?

O que você quer dizer?

Ele chegou na casa em Ipswich e pediu que a criança prodígio tocasse para ele.

Não entendo.

Alguém falou a meu respeito para ele.

Você deve ter pensado nisso antes.

Desde sempre. Nunca. Talvez.

Rajesh tirou o que restava do peixe e colocou mais arroz de coco no prato. Depois de um tempo, disse, Não estou tentando ouvir o sentido do que você diz. Estou apenas ouvindo suas palavras como sons.

Mudei de assunto e lhe falei de Tomas. Ele queria saber como tínhamos nos despedido na *brasserie* da Bastilha. Voltamos ao quarto dele para continuar conversando sobre o quarto de Proust?

Eu estava ocupada demais entregando lascas de pargo à gatinha para me dar ao trabalho de lhe contar o que tinha acontecido a seguir. Quando a mãe dele ligou de Dublin, eles conversaram um pouco no viva-voz. Ela deve ter esquecido que eu estava sentada diante dele, porque perguntou por que ele estava morando com a doida de cabelo azul.

Rajesh jogou histericamente o telefone no chão.

Ah, meu Deus, ele gemeu, batendo as mãos sobre os olhos.

Só ouvi as palavras dela como se fossem barulho de tráfego numa rua movimentada, eu o tranquilizei.

Eu vou brincar de Isadora, ele gritou de repente para Lucy.

Afastou algumas cadeiras do caminho, tirou as sandálias com um pontapé, abriu bem os braços, ergueu o peito, pegou a espinha de peixe do prato, segurou-a no alto com a mão direita, girou, saltou, pulou, caiu no chão, levantou-se novamente, pulou no sofá onde eu estava sentada e gentil, feroz e lentamente, beijou-me nos lábios. Fizemos sexo pelo resto da tarde enquanto a gatinha brincava junto aos nossos tornozelos.

Um coro de seis moradores do térreo começou a cantar canções natalinas no estacionamento. John Cage ainda estava tocando no aparelho de som de Rajesh no banheiro. Lucy tinha adormecido em cima do meu piano.

Se ao menos Tomas soubesse, Rajesh disse depois.

Soubesse o quê?

O modo de se aproximar da joia verde no seu umbigo é dançar com uma espinha de peixe.

Marie ligou para desejar a nós dois um feliz Natal. Havia perdido o gosto pela confusão e pela incerteza e estava passando o grande dia escrevendo seu próximo livro. Tinha dito a Julia que fosse embora, mas ainda estava apaixonada por ela. Julia tinha outros três amantes e Marie achava que havia três pessoas sobrando naquela história. Rajesh conjecturou que, se ela havia perdido o gosto pela confusão e pela incerteza, estaria sozinha nas festas do próximo ano também.

23

Pedalei até o Serpentine dois dias depois do Boxing Day. A neve derretera e Londres estava deserta. Enquanto eu empurrava minha bicicleta pelo Hyde Park, vi um homem rastafári parado debaixo de uma árvore com um periquito-verde empoleirado no ombro. Ele segurava uma maçã e o pássaro a bicava. De vez em quando ele mudava o tom do assobio, de grave a agudo, de agudo a grave, rolando os *rrr* para atraí-los até ele. Outro periquito voou da árvore e pousou em seu ombro. Observei a ele e aos periquitos por muito tempo. Era interessante ouvir os sons que ele fazia para chamar os pássaros e a forma como eles cantavam em resposta. Depois de um tempo, ele caminhou até um determinado arbusto, ainda com os pássaros equilibrados no ombro, e pegou um único ramo de algum tipo de fruta silvestre. De repente, alguém estava gritando com ele.

Você sabe ler em inglês?

Um homem de seus sessenta anos, passeando com o cachorro pela trilha, apontava para uma placa presa na grade.

Diz em inglês que colher flores no parque é proibido.

Não precisava ser tão ridículo, um homem colhendo um raminho de frutas, outro homem o assediando, mas era. Apontei para o cachorro que agora havia saído correndo da trilha e cavava a grama freneticamente.

Pode tomar conta do seu cachorro?

Vá à merda, sua piranha feia.

Ele era branco, raivoso e flácido, e o Assobiador dos Pássaros era o oposto, moreno, musculoso, gentil. Por acaso, as coisas eram assim. Não dá para fazer com que os periquitos venham até você se for agressivo. O Assobiador dos Pássaros nos ignorou e foi embora, com passos leves. A cabeça do homem branco estava tão infectada de raiva e autopiedade que isso deixava seus olhos estúpidos e pequenos. Não precisava ser desse jeito, ele poderia ser educado, bonito e ainda assim estúpido, mas, por acaso, aconteceu assim.

Escute bem, ele disse, e então listou toda a composição, quase que palavra por palavra: vagabunda, sapatão, maluca. Deixou *bruxa* de fora, mas compensou acrescentando algumas palavras extras insultuosas sobre o rastafári, nada de novo, o mesmo de sempre. Afinal, ele realmente me pedira para ouvir sua composição, que terminava com: Você não deveria andar de bicicleta no parque.

Não estou andando nela, estou andando com ela, gritei de volta. O que era verdade. Quando ele veio em minha direção, balançando a coleira do cachorro como um chicote, perguntei a mim mesma: O que Marie faria? Passei a perna por cima da bicicleta e pedalei depressa em direção a ele até que ele teve que pular para fora da trilha e sair do meu caminho. Eram sempre as mesmas pessoas fazendo a mesma coisa.

Havia um buraco no caminho de concreto e eu caí da bicicleta antes de chegar aos portões. Mais tarde, untei minha coxa esquerda machucada com pomada de arnica.

Arnica, a flor, está relacionada aos girassóis da minha infância.

Ardendo no campo acima do pasto proibido. O pasto me deixava ansiosa, animada, desamparada. Escrevi minha partitura em fragmentos durante o inverno e a primavera. Era cheia de intervalos harmônicos dissonantes. Eu nunca estava longe do piano, mas ouvia minha composição na minha cabeça de todo modo. Às vezes tinha que escrevê-la para ouvi-la e, mais misteriosamente ainda, antes de poder ouvi-la. Quando Rajesh deixou meu apartamento, concordamos que funcionávamos melhor como amigos. Ele sabia que a humilhação de Viena tinha começado a perder seu poder sobre mim. Eu sabia que ele estava se recuperando de um casamento desfeito e do confinamento acontecendo ao mesmo tempo. Ele era um músico muito habilidoso e colaborativo. Precisava de trabalho. Parecia o fim dos tempos quando ligou para dizer que sua gatinha estava doente. O veterinário não encontrou nada de errado com ela. Houve uma semana em que ela uivou durante o dia inteiro e ele não conseguiu mais ficar no mesmo cômodo que ela. E aí ela parou de uivar, às vezes até ronronava, mas o que ele ouvia em sua cabeça eram os sons que tentava não ouvir. Mesmo assim, sentia-se reconfortado pelo ruído baixo da felicidade ocasional dela.

Eu também estava desempregada, vivendo com minhas economias e os royalties de gravações. Havia semanas em que tocava fragmentos da minha partitura durante a noite, e era quando me sentia mais em comunhão com a mulher que tinha comprado os cavalos. Eu me projetava nela e ela se tornava música. O ar estava elétrico entre nós enquanto transmitíamos nossos sentimentos uma à outra através de três países. Quando ela emergia das sombras da minha imaginação em mínimas e colcheias, era quase como estar apaixonada. Era uma transmissão sublime e por vezes chocante, mas não tão chocante como a mensagem que Andrew me transmitiu quando me telefonou da Sardenha. Contou-me que Arthur havia sido diagnosticado com um tumor no pulmão. O prognóstico ia de três semanas a dois meses.

Elsa, ele disse, a voz tensa e dura, suponho que, para uma ave exótica como você, passar pomada nas escaras de Arthur será uma espécie de desprestígio?

24
Sardenha, julho

Voei para Cagliari numa companhia aérea holandesa. Meu pai está muito doente, eu disse ao pessoal da cabine; para ser honesta, ele está morrendo. Era a primeira vez que chamava Arthur de meu pai e falava sério. Eles foram gentis. Vários membros da tripulação vieram ao meu assento perguntar se eu estava bem. Não é uma pergunta que possa ser facilmente respondida com um sim ou um não. A refeição da companhia aérea chegou com um minúsculo par de tamancos de plástico laranja com sal e pimenta.

Eu estava sentada na parte traseira do avião. A tripulação da cabine providenciou para que eu fosse a primeira a sair. Meu medo era de que Arthur morresse antes de eu chegar.

Andrew havia combinado com o dono da banca de revistas na cidade onde ele e Arthur moravam que fosse me buscar no aeroporto. O preço acordado era sessenta euros. Às dez da noite ainda estava úmido e sem vento. Eu pingava suor antes mesmo de me contorcer para dentro do carro velho. Quando Rajesh ligou, pedi que regasse minhas mudas de *tomatillo*. Ele me desejou coragem. Eu não sabia o que responder.

De certa forma, coragem era o meu problema.

Não a falta de.

O modo como a coragem silenciava tudo o mais.

Andrew estava esperando por mim. Um poste na calçada projetava uma luz espectral sobre duas humildes casas construídas lado a lado. Ele tinha uns sessenta anos e havia deixado a barba crescer desde a última vez que eu o vira por FaceTime. Era coalhada de fios prateados e o fazia parecer mais gentil do que de fato era. Estava regando as buganvílias que cresciam no muro entre as duas casas e segurava uma mangueira na mão. Nem amigável nem hostil, ele era claramente o rei da propriedade entre sua casa e a de Arthur. Uma televisão bradava a todo volume no bar vazio do outro lado da rua, em frente às duas casas.

Buonasera.

Uma senhora idosa passeando com seu poodle parou para cumprimentar Andrew. O cachorro tinha pelo preto cacheado; e ela, cabelo branco cacheado. Andrew começou a falar com ela em italiano enquanto enrolava a mangueira num gancho na parede. Pedi a ele que me levasse até Arthur.

Ora, Elsa, de repente você está com pressa de ver o velho doente?

A mulher olhou diretamente para mim enquanto eu estava ali com minha mala, suando sob o poste de luz.

Então ela chegou, disse ela a Andrew.

Ele usava sandálias de couro e jeans. De certo modo, era bastante jovial e enérgico.

Quando eu te levar para a casa de Arthur, ele disse, você vai precisar lavar as mãos e usar máscara por causa da viagem. O Maestro está fraco, de modo que não devemos cansá-lo. O modo como ele disse *Maestro*. O Mestre. Como se Arthur pertencesse a ele. Apontou para uma pia de mármore na varanda, na entrada da casa de Arthur. Lavei as mãos usando o que sobrava de um velho pedaço de sabão.

Arthur estava deitado na cama. Estava magro e pequenino, mas seus olhos brilhavam. A sala havia sido transformada em quarto. No teto, um velho e trôpego ventilador girava as pás acima de sua cabeça.

Elsa, onde você está?

Estou na Sardenha.

Mas onde você está?

Estou aqui com você.

Ainda azul, ele disse.

Meu rosto estava coberto pela máscara. Ele não usava máscara porque atrapalhava sua respiração. Estendi a mão para segurar a sua. Andrew também não usava máscara. Ergueu Arthur para deixá-lo sentado, o que fez com que tivéssemos de soltar os dedos um do outro enquanto ele segurava um copo d'água sob os lábios de Arthur, secos e cheios de bolhas. Havia algo de hostil na forma como ele separou nossas mãos.

Obrigado, anjo, Arthur sussurrou.

Eu não sabia ao certo com quem ele estava falando.

Foi um choque ver o alto abajur vitoriano da Inglaterra ao lado de sua cama. Tinha uma cúpula empoeirada com franjas cor-de-rosa. Eu havia crescido com aquele abajur na casa em Richmond. Também o tapete *kilim* com o escorpião tecido no centro. Sobre ele estavam os móveis da minha infância, a poltrona de veludo marrom com o banquinho combinando. O mais chocante de tudo era o Steinway de Arthur encostado na parede, no canto da sala. Aquele era o piano que Arthur usara para dar aulas aos seus alunos. Como conseguira levá-lo até ali? Eu conhecia intimamente cada centímetro daquele algoz. Quando eu tinha oito anos, Arthur passava três horas todos os dias me ensinando como usar os polegares quando tocava oitavas rápidas. O título da aula era "Passagem dos polegares curvados e ressentidos".

Uma fina camada de poeira havia se depositado no tampo, que estava fechado. Eu nunca o vira fechado. Sempre havia alguém tocando aquele piano, ou afinando-o, ou xingando-o, ou polindo-o. Eu sabia que as teclas eram feitas de marfim, proibido havia muito. Era um piano antigo. As teclas eram mais amarelas do que brancas. O marfim não queima. Arthur tinha me contado que nos velhos tempos ele dava aulas a compositores que tocavam com uma das mãos e fumavam com a outra. Quando as cinzas caíam sobre as teclas, elas teriam derretido se fossem feitas de plástico. Aquele piano era um animal feroz. Parte dele era feita de elefantes. Naquela sala escura, naquela casa modesta, um dos pianos mais famosos do mundo tinha sido encostado junto à espessa parede de pedra. Era famoso porque os alunos de Arthur eram famosos. Uma pilha de moscas mortas jazia no tampo de bordo.

Elsa vai precisar de ajuda para abrir a janela do quarto dela, Arthur disse a Andrew.

Todos os dedos e polegares, então, Andrew respondeu.

Eu não tinha certeza do que ele queria dizer.

Fique comigo um pouco, Arthur sussurrou em sua nova voz baixa. Não fuja. Estamos onde estamos.

Estamos onde estamos, repeti.

E onde você está, Elsa?

Talvez não houvesse ninguém no mundo que me entendesse melhor. E me entendesse tão mal. Sua principal tarefa quando eu era criança era dar foco à minha atenção divagante. Sua pergunta remontava a um passado distante.

Agora eu a ouvia como um refrão, uma frase musical repetida.

Estou aqui com você, respondi.

Minhas palavras estavam abafadas sob a máscara.

Começou a me ocorrer, naquele momento, que iria perdê-lo. Pouco importava se eu usasse máscara.

Andrew me levou até meu quarto. Disse-me que Arthur não conseguia mais andar e que precisaria de uma ajudinha à noite para ir ao banheiro. O quarto era escuro, tinha uma pequena janela e uma cama de solteiro coberta por uma colcha de renda branca. Andrew parecia ansioso para ir embora e me desejou boa noite. Ao lado da cama havia uma mesinha de nogueira com pernas curvas. Havia algo ali em cima. Eu já sabia o que ele tinha colocado ali. Os documentos, os papéis da adoção. Mesmo assim, foi um choque. Talvez uma violação. Afinal, eu não tinha pedido nada daquilo. Peguei a pasta cinza e coloquei debaixo do colchão da minha casta cama de solteiro. Queria me informar sobre as linhas de ônibus naquela cidade mais do que ler os documentos de adoção. Uma raiva tão antiga quanto o elefante que tinha morrido para se tornar um piano entrou em meu corpo.

Está lá seja como for.

O que está lá seja como for?

Não acabou de entrar em seu corpo.

O que não acabou de entrar?

Eu estava com fome e sede, mas não ousava sair do quarto. Podia ouvir Andrew na cozinha. Por que ele não deixou a casa de Arthur e voltou para a sua? Parecia estar fritando cebolas. Nem sequer tinha me oferecido um copo d'água, só me instruiu a lavar as mãos. Moscas circundavam a lâmpada pendurada no teto. Eu podia ouvir a televisão alta no bar e gatos selvagens brigando na rua lá fora. Tirei os sapatos e me deitei na cama.

Quando acordei, três horas depois, Andrew estava me chamando.

Corri para a sala em pânico. Ele queria me mostrar como levantar Arthur para que pudéssemos levá-lo ao banheiro. O Maestro precisava estender os braços à sua frente, como um zumbi, e nós colocaríamos nossos braços sob sua axila esquerda e direita para levantá-lo. Pela primeira vez compreendi que chamá-lo de Maestro era a maneira de Andrew dar algum status a um moribundo. Será que Arthur gostava daquilo? Ele estava tão pequeno e magro que poderíamos tê-lo carregado até o banheiro. Parecia que Andrew queria lhe proporcionar a dignidade de andar até lá. O calor ainda era intenso. Estávamos todos pingando suor às duas da manhã. Fiquei acordada pelo resto da noite. Quando entrei na cozinha na ponta dos pés em busca de uma garrafa d'água, vi que Arthur estava deitado nos braços de Andrew. Estavam deitados juntos na cama, as pás do ventilador rangendo e zumbindo no alto. O outro som era a respiração de Arthur.

har har har har har har

Era quase inaudível, mas preenchia a sala.

25

Ainda está aqui?

Sim.

Elsa, você é um milagre.

Arthur pegou minha mão sob a luz forte da manhã.

Andrew também estava lá, fervendo por trás da barba.

Está na hora de mijar, Maestro?

Não. Por favor. Meu ovo.

Andrew trouxe uma bandeja com o café da manhã de Arthur.

Ovo, torrada, chá. Ele bateu no ovo e começou a alimentar Arthur, que disse que seus olhos doíam porque seus cílios estavam crescendo para dentro.

Esta é a minha família, ele disse.

A gema amarela escorreu pelo seu queixo.

Pensei, Sim, bem, você é quase meu pai. Por que não seríamos uma família? E então percebi que ele também se referia ao vizinho.

Levei a bandeja de volta à cozinha e lavei a louça. Andrew explicou que se eu quisesse tomar café da manhã havia um pequeno supermercado na cidade onde eu poderia comprar pão e café e água.

Tudo o que eu quisesse, eu mesma deveria providenciar.

Arthur, eu disse quando voltei para a sala, vou fazer compras. Você quer alguma coisa?

Eu gostaria de um salgadinho de salsicha.

Na Sardenha, não há salgadinhos de salsicha tais como o Maestro os conhece, interrompeu Andrew.

Vou tentar encontrar para o sr. Goldstein um salgadinho de salsicha tal como ele os conhece, respondi.

Arthur entreabriu os lábios e emitiu um estranho som sibilante. Percebi que estava rindo.

Os sinos tocavam em algum lugar da cidade.

Olhei de relance para a fileira de fotografias emolduradas apoiadas nas estantes. Eram todas de Arthur e Andrew mais jovens. Ambos bronzeados, sorridentes, segurando flores e legumes da feira, ou sentados num restaurante, o braço de Andrew em volta do ombro esquerdo de Arthur. A última havia sido tirada num trem. Arthur usava um terno de linho branco e uma gravata vermelha. Parecia estar conversando animadamente com Andrew, que, magro e sorridente, segurava um pote de vidro com azeitonas verdes para a câmera. Talvez ele tivesse quarenta anos e Arthur sessenta naquelas fotografias. Por fim entendi que eram amantes fazia muito tempo. O amor com um idiota era mais possível no sul.

Eles pareciam felizes e em paz um com o outro.

Fui até a cidade deserta e encontrei um café na praça, em frente à igreja. Além dos garçons, as poucas pessoas na cidade pareciam velhas. Talvez as crianças estivessem todas na escola, porque havia duas bicicletinhas encostadas na parede de uma casa. Enquanto eu tomava meu café, de repente me senti jovem, trágica, talvez até mesmo malvada. Queria que Andrew morresse em vez de Arthur. Queria ter seduzido Tomas em Paris. E se eu tirasse toda a minha roupa e corresse nua pela cidade em busca de um salgadinho de salsicha? Comecei a cantar fragmentos da música que vinha compondo em Londres. Desta vez, acrescentei o som da respiração de Arthur na noite anterior.

har har har har har har

Meu público eram os dois gatos selvagens que estavam sentados aos meus pés. Eles obviamente haviam passado a vida brigando nas ruas daquela cidade. Abaixei a cabeça em sua direção e, bem baixinho, observada por seus olhos dourados, cantei para eles sob o sol da manhã:

Elsa, onde você está?

Estou aqui com você.

har har har har har

Um deles não tinha orelhas. O gato malhado tinha um toco restante. Tirei uma foto dos gatos e mandei para Aimée com uma mensagem:

Meus alunos na Sardenha. Em conjunto, eles têm uma orelha.

Não havia salgadinhos de salsicha tais como Arthur os conhecia na padaria local. Encontrei, em vez disso, a *gelateria* e entrei nela para comprar sorvete. Enquanto olhava atordoada para o freezer, Rajesh ligou para perguntar como eu estava. Li os sabores para ele em Green Lanes, Londres: *Pistacchio, cioccolato, stracciatella, mandorla.*

Concordamos que para Arthur só existiam dois sabores: chocolate e baunilha. Acho que Andrew quer me matar, sussurrei para meu amigo mais antigo. Ele não me deixa ficar sozinha com Arthur.

Não mencionei meus próprios pensamentos assassinos.

E então eu disse a ele que nosso professor estava indo embora.

Mas como você está, Elsa?

Eu estou assim, eu disse, e comecei a cantar ao telefone:

Elsa, onde você está?
Estou aqui com você.
har har har har har

Acho que você deveria adicionar sabor morango, *fragola*, à mistura, Rajesh finalmente respondeu.

E então ele cantou para mim:

Mandorla, fragola, stracciatella.

No caminho de volta para a casa escura e empoeirada, a mulher que estava passeando com o poodle passou por mim e acenou alegremente em minha direção. Quando viu minhas lágrimas, ela se benzeu. O sorvete já estava derretendo em minhas mãos.

Elsa, você está aqui.

Sim.

Arthur quis experimentar imediatamente o sorvete de chocolate.

Andrew deu a ele com uma colher.

Não, anjo, ele disse a Andrew. Você deve deixar a colher na minha boca por mais tempo para que eu possa saborear.

A isso as coisas se resumem nos dias finais. Um pouco de sorvete numa colher de chá é tudo. Sua mente estava divagando. Ele dizia tudo o que lhe passava pela mente sem cancelar seus pensamentos.

Eu fiz de você quem você é.

E eu fiz de você quem você é, respondi.

Andrew riu e começou a colocar colheradas de sorvete na própria boca.

Arthur ergueu as mãos como se quisesse controlar o trânsito.

O gesto que ele fez para Andrew foi *Pare.*

Espero que chova logo e possamos dormir um pouco.

Ele virou a cabeça para mim.

A menina Elsa tem muitas caras. Estudei todas elas.

Tenho certeza de que o Senhor fará chover apenas para Elsa, entoou Andrew no estilo de um padre sombrio. Arthur colocou um dedo fino nos lábios.

Psss, ele sussurrou, o concerto está prestes a começar.

Se eu estivesse usando um par de chinelos gregos, teria apanhado a adaga escondida no pompom e enfiado na coxa sarnenta de Andrew.

Naquela noite, tiramos Arthur da cama e o levamos ao banheiro cinco vezes. Às três da manhã a luz acabou. Algo a ver com um gerador. Andrew me disse que havia uma lâmpada que eu poderia comprar e carregar no meu computador por dez horas. Depois eu poderia atarraxá-la numa luminária e ela acenderia durante os apagões. Então por que ele não tinha comprado uma?

Precisamos de uma enfermeira noturna, sugeri nervosamente.

Andrew concordou que isso poderia ser providenciado se eu quisesse fornecer à agência os dados do meu cartão de crédito. Ele estava cansado e insistiu que precisávamos de uma enfermeira diurna também. Com a ajuda dele, consegui contratar duas enfermeiras para a semana seguinte. Nesse ínterim, cortei laranjas em fatias e levei-as para Arthur, que tinha mais ou menos parado de comer. Havia melões crescendo em seu jardim arenoso. A maioria das uvas murchava nas vinhas. Arthur me disse que os melões eram brilhantes demais. Já deixei tudo isso para trás, ele disse. O que ele queria dizer? Há vida demais num melão, ele murmurou, como se isso explicasse tudo. Sentei-me numa cadeira ao seu lado com gelo enrolado num pano de prato, segurando-o sobre sua testa. Ele não estava com vontade de conversar. Comecei a fumar um cigarro atrás do outro na varanda enquanto meu professor morria de um tumor no pulmão. O isqueiro de ouro que encontrei em Poros, com a palavra *Champ* gravada, viajou comigo de Love Bay até a Sardenha. Amor e Morte, entrelaçados.

26

Encontrei minha mãe num sonho.

Ela tocava piano e eu estava deitada embaixo do piano. Observava seus pés nos pedais, sentia as vibrações da madeira entrando em minhas costelas. Vou beijar você doze vezes atrás da orelha antes de ir, ela disse. De repente estávamos num carro e havia um bebê sentado ao meu lado. Ele lambia meus dedos com sua língua rosa e quente. Eu disse à minha mãe, Você tem algo para beber? Eu me referia a uma mamadeira de leite para o bebê, mas ela não tinha. A mãe estava vazia ou esvaziada. Oca, mas ali.

Dei-me conta de que não sabia como era minha mãe. O mesmo poderia ser dito do meu duplo. Eu havia olhado para ela, corrido atrás dela, mas não tinha uma memória visual nítida de seu rosto.

Arthur estendeu a mão e agarrou a minha.

Elsa, há música na sua mão. Fluindo para minha mão.

Ele não soltou.

Tenho os documentos para você aqui.

Eu disse a ele que, se lesse os documentos de adoção, a música já estaria escrita e eu não teria mais nada sobre o que escrever.

Escrever sobre o quê? Rachmaninov é Rachmaninov.

Ele me incentivou a beber um copo de refrigerante de cola. Estávamos regredindo aos primeiros anos juntos, quando eu tinha dez anos.

Arthur, você pode me ouvir?

Sim.

Minha mãe foi sua aluna? No passado?

Ele olhava fixamente para a parede.

Ela te contou sobre mim quando eu tinha seis anos?

Deixei a casa em Richmond para você e a casa italiana para Andrew, ele respondeu.

Saliva escorria pelo seu queixo. Moscas circundavam sua cabeça.

Leia os documentos, Elsa.

Será a mesma velha história, eu disse.

Por que não deixá-la em paz?, ele respondeu. Deixe-a encontrar a lua.

Era como pressionar um hematoma. Estar tão impotentemente acorrentada àquela velha história. Escrita pelos funcionários que foram obrigados a registrá-la nos documentos. Ser forçada a ler as palavras que escreveram para cada criança abandonada.

Mandorla, fragola, stracciatella.

Eram palavras mais interessantes.

Talvez não sejam.

Talvez não sejam o quê?

Palavras mais interessantes.

A voz dela dentro de mim. Como um punhado de pedrinhas atiradas numa janela.

Falei a Andrew da minha conversa com Arthur enquanto ele descascava batatas na varanda. Ele derramou água de uma jarra em dois copos e me entregou um. Esvaziou seu copo. Isso pareceu reavivar sua hostilidade.

É muito cruel da sua parte não ter lido os documentos, ele disse. Arthur teve que carregar o fardo do que consta deles durante décadas. Sua preferência pela ignorância custou caro a ele.

Abaixei-me para afivelar a sandália de modo a não olhar nos seus olhos. A costura ao redor da fivela estava solta. Ia cair. Enquanto eu mexia na fivela, lembrei-me da estátua de bronze de Montaigne na Rue des Écoles, em Paris, de como toquei seu sapato brilhante a caminho da aula de Aimée.

Eu tinha pesquisado Montaigne. Algo que ele havia escrito me veio à mente enquanto a faca de Andrew fazia um círculo na casca: "A ignorância é o travesseiro mais macio sobre o qual um homem pode descansar a cabeça". Qual era o sentido de descansar minha cabeça em algo duro, insuportável, como os documentos? Havia tirado os documentos que estavam debaixo do colchão e colocado no armário, debaixo de um cobertor empoeirado. Um modo de tirar a história da minha vista. Andrew tinha mais a dizer sob a meia-sombra da varanda. A certa altura, ele pegou uma uva das vinhas que cresciam acima de sua cabeça, jogou-a para o alto e apanhou com a boca aberta. Era como se essa fosse a deixa para ele começar um discurso ensaiado havia muito.

Arthur cuidou de você desde que você era criança, e agora está com oitenta anos. Mas você não fez perguntas sobre como ele iria cuidar de si mesmo na velhice.

Ele ergueu o braço direito e olhou para as manchas secas e escamosas em seu cotovelo. Chamava-se psoríase, disse, não é contagioso, uma disfunção do sistema imunológico. Não se importava tanto. Arthur também não se importara tanto. Eles passaram muitos anos abraçados sob o sol curativo do sul. Agora, já que uma enfermeira chegaria dentro de uma hora, ele ia me levar até a praia. Um descanso não faria mal a ele, será que eu tinha pensado nisso?

Colheu outra uva das vinhas e dessa vez esmagou-a entre os dedos.

Eu havia fornecido os dados do meu cartão de crédito à agência. Pelo visto, Andrew não tinha recursos próprios e relutava em pedir dinheiro a Arthur. Eles nunca se casaram, ele suspirou, mas de certa forma ele supunha que era uma espécie de padrasto para mim. Afinal – ele levantou a cabeça e fitou as uvas morrendo –, Arthur não fala de mais ninguém e não se preocupa com mais ninguém tanto quanto se preocupa com você. E, no entanto, disse ele diretamente, agora enxugando os lábios com um lenço que era mais um trapo, parece que você nunca lhe perguntou como ele administra as tarefas diárias dele.

Eu ainda estava mexendo na fivela da minha sandália.

É difícil considerar Arthur um pai.

Eu estava sussurrando porque podia ouvir Arthur respirando na sala.

Eu era sua menina prodígio, mas não sua filha.

Dadas as circunstâncias, respondeu Andrew, acho certo que eu herde a casa em Richmond.

Não. É a minha casa. Sou a menina que ele criou.

Decida-se. Ele gesticulou com a faca perto dos meus lábios, como se quisesse cortar fora minha língua.

Voltei para junto de Arthur, que estava dormindo deitado de costas. Sentei-me na beira da cama e olhei para os cabelos grossos e prateados em suas orelhas. Depois de um tempo, cantei para ele:

Mandorla, fragola, stracciatella.

Seu peito se ergueu. Seus lábios se separaram.

Mandorla, fragola, stracciatella.

Ele estava cantando de volta para mim. Pude ouvi-lo.

Quando ele levantou a mão esquerda, tocamos as pontas dos dedos.

Andrew me disse para pegar minhas roupas de banho. Ele colocaria gasolina no carro. Ficou falando sobre a gasolina por muito tempo. Como se fosse uma operação de guerra. Depois de um tempo, ocorreu-me que ele estava indiretamente me pedindo que pagasse. Perguntei-me como ele ganhava a vida. Eu ganhava todo o meu próprio dinheiro.

A enfermeira chegou e quis saber sobre a medicação de Arthur. Havia uma certa pílula que ele precisava tomar depois do almoço todos os dias. Era para aliviar a dor e era importante que ele comesse alguma coisa antes de engoli-la. Ela era calma e gentil. Seu filho estava agora com oito meses, então ela só podia trabalhar no turno diurno. Sua mãe estava cuidando da criança. Ontem, ela disse, sua mãe havia decapitado duas galinhas. Ela ia cozinhá-las com tomates e azeitonas para um aniversário da família. Talvez trouxesse uma porção para o doente comer antes da pílula.

Minha querida Eileen, Arthur sibilou, espero que sua mãe não decapite a criança.

O nome dela era Francesca, mas eu sabia quem era Eileen. Era uma das *au pairs* que cuidara de mim quando eu tinha nove anos. Ensinei-lhe como desenhar uma clave de sol enquanto ela se sentava na poltrona de veludo marrom que agora tinha sido transplantada para a vida italiana de Arthur.

Tal como eu, a poltrona era agora testemunha da sua lenta saída da vida.

Andrew abasteceu o carro com gasolina e eu paguei. Ele precisava de algum tempo longe da tarefa dos cuidados. Repetiu esse refrão muitas vezes. Era sua primeira folga em muito tempo. Estava destruído pela exaustão. Não dormia uma noite inteira havia semanas. Sugeri que ele fosse para a cama e recuperasse o sono em vez de ir de carro até a praia. Eu ajudaria Francesca.

E como você vai ajudá-la?

Ela vai me dizer o que fazer.

Não, disse Andrew, agora temos gasolina.

Era como se ele sentisse que eu preferia a companhia dela à sua.

Quando abri a porta da frente para deixá-la entrar em casa, algo aconteceu. Ela estendeu a mão para tocar meu cabelo azul. Ao mesmo tempo, meus dedos tocavam as asas do broche de libélula preso à gola da sua blusa.

Então você é a filha, ela sussurrou, *bellissima, bellissima.*

Andrew parecia estar sempre disposto a me separar de Arthur e Francesca. No entanto, ele também sugeria maliciosamente que eu havia sido negligente com meu professor na sua velhice. Era como se eu estivesse em dívida para com ele, e a casa de Richmond fosse pagar um empréstimo que, para começo de conversa, eu nunca havia contraído.

Um incêndio florestal havia escurecido as árvores na estrada para a praia. O tronco e os galhos carbonizados e a grama seca pareciam ser o clima certo para um dia passado na companhia de Andrew. Paramos para almoçar num restaurante simples junto a um reservatório entre a estrada e a praia. Um homem estava sentado numa cadeira sob um guarda-sol, raspando as escamas de peixinhos prateados. Comemos espaguete *alle vongole* em silêncio. Os moluscos eram doces e salgados. Eu lambia as conchas, subitamente faminta. Quando mergulhei o pão macio e fumegante no vinho tinto fresco, Andrew me disse que eu estava comendo rápido demais.

Depois disso, paramos de falar um com o outro.

Talvez eu seja.
Talvez você seja o quê?
Gananciosa.

Andrew decidiu romper o silêncio e bater papo sobre a vida na cidade. A mulher que trabalhava no caixa do supermercado estava dormindo com o marido de alguém. O padeiro era indiscreto, melhor não fazer fofoca com ele. A casa amarela onde morava o padre, ao lado da igreja, havia sofrido um afundamento. O farmacêutico, o padre e o prefeito eram as pessoas mais importantes da cidade. Você come feito uma louca, disse ele novamente; vá com calma, estamos no sul.

Talvez eu seja.
Talvez você seja o quê?
Uma louca.

Quer dizer que você andou morando em Paris.

Não era exatamente uma pergunta.

Por acaso, disse ele, há cerca de seis anos, no início de abril, estive em Chablis ajudando um amigo que possui vinhedos por lá.

Ele então me contou que, quando uma forte geada atingiu Chablis, eles encheram latas com parafina e as acenderam à noite para manter as vinhas aquecidas. A temperatura despencou e muitas vinhas foram danificadas. Aparentemente, os romanos também faziam isso. Era um truque antigo para aquecer as vinhas trêmulas. Por acaso eu sabia que os romanos colocavam cortiça nas solas dos sapatos no inverno? Depois da água e do leite, disse ele, o vinho era a principal bebida para os romanos comuns, mas sempre era misturado com água. Beber vinho puro era considerado bárbaro. Eu o interrompi.

De que parte da Grã-Bretanha você é?

Durham, originalmente.

Perguntei-lhe se ele trabalhava e o que o havia trazido para a Sardenha. Ele não queria dizer mais nada. Respeitei seu desejo e não fiquei cutucando e alfinetando e martelando. Terminamos a refeição com um café espresso servido em pequenas xícaras de porcelana branca. Em cada pires havia um sachê de açúcar feito em Montichiari. Andrew olhou para mim com sua habitual expressão zombeteira.

Vejo que você está interessada em Montichiari, mas não quer saber nada sobre Ipswich.

Parece que você também não quer saber nada sobre Durham, respondi.

Quando a conta chegou, ele esperou que eu pagasse. Tirei os euros da bolsa e paguei pela minha parte. Foi a primeira vez que revidei diante de Andrew. Ao mesmo tempo, eu me perguntava o que Arthur via nele. Não conseguia entender por que sua vida havia se entrelaçado à daquela pessoa. Era um homem que parecia estar perdido. Danificado. Como havia ido parar naquela cidade sufocante e se tornado amante do meu extravagante professor, que falava sete línguas e lia a Bíblia em hebraico? Arthur não tinha tempo para o que chamava de mediocridade. Se vocês fossem mediocridades rastejantes, ele dizia aos seus alunos, eu não estaria dando aulas a vocês. No entanto, parecia que no sul o amor era possível com alguém que o chamava de Maestro.

A praia era uma longa extensão de dunas de areia. Flores brancas cresciam entre pedras e vidro quebrado. Mosquinhas se arrastavam por toda parte: na areia, entre os dedos das minhas mãos e dos meus pés, nos meus lábios. A salva-vidas passava a maior parte do tempo ao telefone, de vez em quando espiando o mar aberto, as pessoas mergulhando nas ondas. Ela disse que morava num apartamento com alguns funcionários que trabalhavam num hotel local durante o verão. Seis em cada quarto. Apontou para um homem de túnica branca que caminhava pela longa extensão da praia, vendendo rolos de tecido de algodão. Ele usava nove chapéus de palha empilhados na cabeça como uma torre e os vendia também. Sempre que alguém parecia interessado, ele desenhava o preço com o dedo na areia.

É um agricultor da Somália, disse a salva-vidas. Sabe cultivar oliveiras, legumes e morangos. Atravessou o deserto do Sudão e da Líbia para chegar à Itália. Ela levantou o braço e acenou. Ele se virou para encará-la e acenou de volta, alto e elegante em sua comprida roupa branca, o mar verde e selvagem atrás dele.

Mergulhei nas ondas que se avolumavam e fiquei no mar por uma hora para fugir de Andrew. Depois de um tempo, as alças do sutiã do meu biquíni se soltaram. E então ele caiu. Tive que nadar com ele na mão, através das ondas, em direção à costa. Quando estava com a água até os joelhos, tentei amarrá-lo novamente, meus seios expostos diante de todos na praia. Sob o sol forte, meu corpo seminu me trouxe uma aparição da minha mãe. Algo que eu tinha visto, ou talvez invocado para me confortar ou me atormentar, quando tinha seis anos.

Tentei vê-la novamente enquanto remexia nas alças, mas a aparição se dissolveu na luz e na espuma agitada. Por alguma razão, na Sardenha, sempre que pensava em minha mãe, ela vinha direto aos meus dedos. Eu poderia escrever as notas na areia, como o somali que desenhava com o dedo o preço das mercadorias que vendia. Quando as ondas quebravam na costa, os números desapareciam sem deixar vestígios. Feito ela.

No caminho para casa, perguntei a Andrew como iríamos manter Arthur refrescado. Você está se saindo muito bem com o gelo, ele respondeu, mas ele precisa de um sistema de ar-condicionado moderno. Eu estava queimada de sol por causa do tempo que ficara evitando-o no mar. Do nada, ele me perguntou se eu pensava em minha mãe.

Não, eu disse, nunca penso nela.

Voltamos para casa em silêncio através da floresta carbonizada e queimada.

27

Toque para mim, Arthur sussurrou, toque o Rach. Apontou para seu Steinway empoeirado no canto. Sacudi a cabeça.

Ele quer ver o próprio reflexo no rio uma última vez, ouvi meu duplo sussurrar, perto do meu ouvido. Você, Elsa M. Anderson, é a lenda dele.

Talvez eu seja.
Talvez você seja o quê?
Cruel.

Andrew me mostrou como tirar a casca do figo-da-índia. Seus espinhos finos e transparentes eram piores do que os dos ouriços. A fruta era laranja, cheia de sementes e suculenta. No início do ano, ele coletara aspargos selvagens e os congelara. Não compartilhava os gostos básicos de Arthur em termos de comida e cozinhava várias carnes com flores de erva-doce. Agora tomávamos café da manhã juntos, apenas porque era quando discutíamos nosso plano para os cuidados diários de Arthur, e eu estava fazendo todas as compras de mantimentos. Todos os dias ele cozinhava e amassava batatas para Arthur.

Depois de um tempo parei de usar protetor solar. Dormia na rede amarrada sob as videiras murchas e logo fiquei marrom. Meu cabelo estava crescendo; e o azul, desaparecendo. Fiz amizade com a mulher que dirigia a escola de bordado. Seu nome era Marielle. Quando ela perfurava o tecido com a agulha, era uma engenheira possuída pela inspiração.

A enfermeira diurna, Francesca, queria saber quanto tempo eu ficaria.

Andrew traduziu a pergunta, embora soubesse que eu, de algum modo, entendia, o tom enérgico dele sempre me punindo por algo que eu não entendia completamente.

A resposta seria, eu supunha, até meu professor dar seu último suspiro. Não consegui dizer essas palavras em voz alta, então perguntei a ela sobre seu filho. É uma agonia dar à luz, ela respondeu. Seu corpo ainda estava rasgado e machucado, pensaram que ela iria morrer, tantos pontos, tanto sangue, e agora seus seios estavam inchados de leite. Mesmo que seu filho estivesse tomando leite em pó, o leite não parava de vir. Ela apontou para a blusa úmida, mas eu estava olhando para as quatro asas com pedras preciosas no broche de libélula preso em sua gola.

28

Elsa, Arthur disse, onde você está?

Estou em Ipswich, respondi.

Ele fechou os olhos.

Estou em Ipswich no dia em que você veio me ouvir tocar no Bösendorfer.

Sim, ele sussurrou.

Você disse que, se fosse me dar aulas, ia me levar para longe da minha vida tal como eu a conhecia até aquele momento.

Eu te disse a verdade.

Por que fui levada para longe dela?

Onde você está, Elsa?

Você quer dizer geograficamente?

Ele apontou para a própria cabeça e depois para o coração.

Ah, a cabeça.

Então você não leu os documentos?

Era como se ele estivesse insinuando que meu coração ficaria despedaçado se eu lesse os documentos. Seus lábios se moviam. Inclinei-me mais para perto a fim de ouvi-lo.

E então mais para perto.

Se você não é você, quem é?

Naquela noite, sentei-me sozinha no bar com a televisão aos berros. Depois de algumas cervejas, comecei a chorar. Era uma comoção chorar tão alto durante um comercial de amaciante de roupas. O dono do bar continuou assistindo à televisão. Não parecia se importar com o fato de sua única cliente estar chorando. O amaciante aparentemente continha flores de gardênia. Flores brancas flutuavam pela tela e pousavam na palma da mão de uma mulher que acariciava o rosto com uma toalha.

Se você não é você, quem é?
Se ela não estava lá, onde estava?

A mulher que comprou os cavalos estava longe, noutro lugar. E então se fez ouvir. Sua voz era suave e clara, como água escorrendo sobre pedras no leito raso de um rio.

Talvez você saiba.
Talvez eu saiba o quê?
Que ela estava lá.

Andrew queria ir à praia de novo na manhã seguinte. Eu não parecia ter escolha a não ser acompanhá-lo. Ele passou a maior parte do tempo conversando com o homem da Somália que desenhava o preço dos seus produtos com o dedo na areia. Era cedo demais para o *Maestrale* chegar, mas parecia ter chegado.

Você é uma feiticeira, Andrew me disse. Está levantando as ondas e vai afogar todos nós.

Corri para o mar turbulento. Inicialmente, tentei mergulhar nas ondas. Quando a corrente me puxou para fora, não consegui recuperar o fôlego antes que a próxima arrebentasse sobre minha cabeça. Dois surfistas caminhando pela praia com as pranchas debaixo do braço obviamente decidiram não entrar. Se eu quisesse nadar de volta à praia, teria que usar todas as minhas forças para chegar até lá.

Talvez você não queira.
Talvez eu não queira o quê?
Nadar de volta à morte e aos documentos.

Ela estava lá novamente, comigo, enquanto eu cuspia água e engasgava.

Andrew me chamou. Tinha comprado dois rolos de tecido do agricultor somali. Segurava-os acima da cabeça, balançando-os em minha direção. Eu o ouvi gritar e então sua voz se perdeu no vento. Quando emergi do mar agitado, ele me mostrou como colocar o material de algodão sobre o corpo para evitar que a areia açoitasse minha pele e meus olhos. Enrolou o pano em volta de si mesmo também. Parecíamos nômades enquanto caminhávamos pelas dunas. Separados, mas juntos. Caminhando adiante até ficarmos surdos.

No carro, Andrew parecia estar com um humor mais amigável.

Estou feliz por ter você aqui.

O que vai fazer com a casa de Arthur?, perguntei a ele.

Vender. Preciso de fundos para quando me tornar um velho babão.

Enquanto dirigíamos pela floresta negra e carbonizada, Andrew me contou que já tinha sido um jogador. Havia perdido tudo. Mas fora o instinto do jogo que o fizera se arriscar a amar Arthur. Para sua surpresa, Arthur havia se arriscado a amá-lo também. O amor era a adrenalina, o vício, era como uma máquina caça-níqueis, você colocava as moedas e um poeta da música do século XX era o *jackpot*. Mesmo assim, Arthur não compartilharia uma conta bancária. De jeito nenhum. Afinal, ele tinha uma filha para sustentar. Andrew olhou com raiva para mim. O dinheiro dele, disse, é o seu dinheiro. Ele levou muito a sério sua responsabilidade para com você. Mas você não levou a sério sua responsabilidade para com ele.

Isso era verdade.

Você não vai ler os documentos?

Sacudi a cabeça.

Bem, para poupar o fôlego de Arthur eu deveria te contar.

Não, não faça isso.

Elsa, você está exaurindo Arthur.

Ele dirigia rápido agora, como se temesse que eu fosse abrir a porta e pular para fora do carro. Se eu tivesse ficado no mar, nunca teria que ler os documentos. Puxei o tecido de algodão por cima da cabeça.

Você, mais ou menos, disse a Arthur tudo o que há para saber, ele disse.

Sim, ela era aluna dele.

Suas mãos no volante. Seu pé no acelerador.

Os vizinhos dela te acolheram. E então Arthur entrou em cena. Ele gosta de colecionar almas perdidas, Arthur, não é mesmo? Não precisamos ser gênios para chamar sua atenção.

Naquela noite, deitei-me na cama do meu quarto abafado e li os documentos.

Nome: Menina.

Os mosquitos. O zumbido do ventilador ao lado da minha cama. Areia em minhas narinas e ouvidos. Meu corpo. Nu. Comprido e magro. A joia no meu umbigo. Algas marinhas no meu cabelo azul. Não havia nada que eu pudesse fazer para atraí-la até mim. Ela nem tinha me dado um nome. Eu havia sido abandonada pela minha mãe biológica assim que nasci. Foi o endereço dela que mais me feriu. Havia um campo entre nós durante os primeiros seis anos da minha vida.

29

Eu sabia que ela estava lá, mas não queria assustá-la. Sentia isso com grande urgência. Pensei tê-la visto numa terça-feira, encostada a um muro de pedra na fronteira entre dois campos. O muro tinha um buraco que ainda não havia sido consertado. O fazendeiro não tinha tempo nem dinheiro para consertar os muros e às vezes os substituía por cercas de arame farpado. Eu tinha rastejado por baixo do arame de uma daquelas cercas para chegar ao muro. A saia dela estava amarrada nos quadris, como se o zíper tivesse quebrado. Estava nua da cintura para cima. Suas costas estavam contra a parede, seus olhos estavam fechados. Ela estava muito imóvel. Uma libélula pairava acima de sua cabeça como uma agulha turquesa com asas. Quando passou por seu rosto, ela abriu os olhos.

Ela sabia que eu estava lá, mas se recusou a olhar em minha direção.

Eu me perguntei se ela sentiria vergonha de mim.

Eu senti vergonha dela. Achei que era uma louca, nua da cintura para cima. Isso alimentou meu medo secreto de que minha mãe pudesse estar desequilibrada. Que ela tivesse feito algo de errado para me perder. E então vi que ela estava tomando banho de sol. A parede de pedra estava dourada. Iluminada pelo sol. As pedras deviam estar mornas de encontro à sua pele.

30

A mulher que dirigia a escola de bordados tinha feito sete vestidos para vender no mercado nas cercanias da cidade. Estavam pendurados numa arara. Um deles era de seda branca, semelhante ao vestido que meu duplo usava quando fugiu de mim em Paris. Branco feito giz. O giz que fazia as formas do alfabeto no quadro-negro da escola. Eu ouvia os sons das palavras e como os sons se misturavam. Fui solicitada a levantar o dedo indicador e traçar a letra *A* de *Ann*. A família que me acolheu tinha me dado um nome.

Havia florezinhas silvestres bordadas na saia. O vento a levantava como uma bandeira, talvez uma bandeira branca de rendição. Marielle perguntou se eu gostaria de experimentar. Ela reduziria o preço, disse, havia um pequeno rasgo debaixo do braço, ela não tinha tido tempo de consertar antes do dia do mercado. Eu me senti próxima do meu duplo e da minha mãe naquele vestido delicado. Sem mangas, esvoaçante, rasgado.

Ela morava no chalé em ruínas na extremidade do campo da casa da minha infância. Era o pasto proibido. Nem uma única vez perguntei quem morava lá. Talvez não quisesse saber a resposta a essa pergunta. Ela flutuaria através do tempo.

Marielle começou a dobrar o vestido em papel fino.

Disse-me que a seda era do Vêneto.

As palavras no documento. O linguajar oficial.
Peso. Altura. Cor dos olhos.
Pai: Desconhecido.

Em nenhum lugar os documentos descreviam como o piano dela tinha sido puxado pelos cavalos da sua casa para a minha. Eu toquei nele e ele me tocou de volta. O Bösendorfer de cauda. Nunca nos separaríamos, esse era o meu pacto com o piano dela. Sentia a presença da minha mãe todos os dias e todas as noites. Alguém que eu desconhecia, mas que, no entanto, ouvia com muita atenção. Não conseguia vê-la com clareza, mas a sentia intensamente. Ela deveria pertencer a mim. À igreja. Ao meu pai desconhecido. Ao amaciante de roupas com gardênias. Tinha vinte anos quando deu à luz, e todos nós estávamos nos apossando dela. Se ela pertencia à música, havia me enviado a única coisa que queria, seu último desejo para si mesma. Paguei pelo vestido e andei pela cidade. Por fim, parei num café e comi o prato do dia, que se chamava *lorighittas*, que significa macarrão trançado. Eu ainda estava furiosa com ela. O mundo inteiro ficou furioso com ela. Exceto Arthur. Ele nunca a julgou. Deixe-a em paz. Deixe-a encontrar a lua. Ele não apontou o dedo para ela. Em vez disso, tentou ajudar sua aluna. Compreendi que o silêncio dele, quando finalmente comecei a fazer perguntas sobre ela, era para me encorajar a fazer dela algo que fosse meu. Afinal, ela já havia sido escrita por todo mundo.

Idade: 20.

31

Eu disse a Arthur que tinha lido os documentos.

Meu professor pegou minha mão.

Eu não agi como devia, ele disse, com sua nova voz minúscula. Aproveitei-me da sua necessidade de uma família. Exigi demais de você, fui impiedoso.

Sim, eu disse.

Uma moto acelerou do lado de fora da janela. Eu podia ouvir mosquitos perto do meu ouvido. O bater frenético de suas asas. O som agudo e lamentoso. O som do silêncio da minha mãe no chalé em frente à casa da minha infância. De alguma forma, eu sabia. Ela me ouvia tocar. Meus dedos falavam com ela todos os dias.

Mesmo assim, eu disse.

Eu estava tentando dizer a ele que o amava. Mas as palavras não saíam do mar selvagem. Cada vez que eu tentava puxá-las até a praia, uma onda caía e arrebentava e as silenciava.

Mesmo assim, não é exatamente a mesma velha história.

Ele sabia que eu estava me referindo aos documentos.

Mesmo? Ele pareceu surpreso. Por que você diz isso?

Ela não se afogou no rio Orwell. Ela me mandou seu piano.

Entendo, ele murmurou.

Mesmo assim, você é a única pessoa, pai ou mãe, que me reivindicou. E o único pai que eu sempre quis.

Arthur pareceu surpreso.

Talvez ele esperasse que eu dissesse que ele era o melhor professor do mundo. Suas pálpebras tremeram por alguns segundos. De certa forma ele parecia desapontado, como se sua vaidade tivesse sido ofendida.

Toque para mim, sussurrou Arthur, toque o Rach.

Iluminada pelo brilho do abajur com franjas rosadas, toquei a noite toda nas teclas de marfim, enquanto Arthur, apoiado numa pilha de travesseiros velhos, ouvia com os olhos bem abertos. Aquele era o lugar onde estávamos. Ali. Para sempre entrelaçados na música. O tapete com o escorpião e a luminária e o Steinway transplantados da nossa casa em Richmond para a Sardenha. Minhas mãos seguradas estavam arranhadas, com bolhas e tostadas por causa do sol implacável da Sardenha. Comecei com o toque dos sinos de Rach no "Concerto para piano n.º 2" e passei para outros pensamentos e preocupações musicais. Enquanto os gatos selvagens sibilavam e uma ambulância passava pela cidade, cancelei tudo o que pensava que era e deixei entrar tudo o mais que vinha até mim. Foi uma espécie de memorial, não só para meu pai-professor, mas para a virtuose que ele havia criado.

E pensei no meu duplo em Atenas e em Paris enquanto tocava. Assim como minha mãe, ela ouvia com muita atenção. O que vi foram as flores cor-de-rosa crescendo perto da Acrópole. Deixei-as entrar na música. Eles me levaram de volta a outra história antiga. Às toalhas de mesa, às torradas e aos arbustos de amora silvestre dos primeiros seis anos com a família que me acolheu, às galinhas no jardim e às rosas se derramando da parede. Eles tentaram me dar um lar. Até o dia em que Arthur me disse que não poderia ensinar Ann, mas poderia ensinar Elsa, e como meu talento me levaria a um lar maior, se eu quisesse. Ele queria dizer um lar na arte. Acontece que eu queria. Havia quartos suficientes naquela casa para a solidão que me engolfava o tempo todo, a raiva que sempre esteve lá. Ouvi a respiração ofegante dos cavalos naquele agosto sufocante, senti o anseio pelo que eles puxavam para mim, cada vez mais perto, arrastando minha mãe até mim pelo campo ressecado sob o céu de Suffolk. Ela não queria ser encontrada. Os cavalos entregaram o piano dela em seu lugar.

Deixe-a na sua solidão. Deixe-a em paz. Deixe-a encontrar a lua.

Encontrei-a na música, sozinha, tomando sol contra as ruínas do muro de pedra. Talvez ela não tenha encontrado a lua, mas encontrou o sol. Uma libélula paira perto de seu rosto. Ela abre os olhos e olha fugazmente para mim. Eu olho para ela. Eu olho para ela o tempo todo. A história mais antiga nunca vai me abrigar desse olhar, transmitindo-se nesse momento às pontas dos meus dedos e à curva dos meus polegares nas teclas de marfim.

Arthur estava deitado na cama com os braços cruzados.

Pense em todas as coisas bonitas que você pode fazer agora, ele sussurrou.

32

Passei o dia seguinte deitada na rede sob as videiras ressecadas. Às cinco da tarde, Arthur pediu um Bénédictine. Encontrei-o para ele no supermercado naquela noite. Foi um milagre encontrar uma garrafa empoeirada na prateleira. Um milagre. Um milagre. O rótulo da garrafa nos dizia que era feito de flores, ervas, raízes e frutas silvestres. Ele tomou um golinho.

Você tem a mesma altura da sua mãe, ele disse. Sempre fiquei impressionado com o perfil dela quando tocava. No entanto, quando fazia a reverência, antes e depois de uma apresentação, ela olhava para os próprios pés.

Eu estava ajoelhada ao lado de sua cama, perto de seu rosto para poder ouvi-lo.

Sou uma pessoa muito baixa, disse ele, e virou a cabeça em minha direção, como se para confirmar que isso era verdade.

Sim, eu disse.

Portanto, ele respondeu, sempre senti o chão debaixo dos meus pés, mas por razões anatômicas tive que olhar para cima, caso contrário só veria meus pés. Você pode percorrer um longo caminho olhando só para os pés, mas o papa nunca vai gritar, e a *Mona Lisa* nunca vai usar bigode.

Ele ergueu o braço esquerdo emaciado em direção às pás do ventilador que girava acima dele, no teto.

E veja onde estamos agora.

Virou-se outra vez para mim.

Onde estamos agora?

Bem, ele disse. Percebo que você faz uma profunda reverência antes e depois de uma apresentação. Você se curva na cintura. E depois se levanta para encarar o público. Seus braços saem do lado do corpo e se esticam para fora de modo a recebê-lo.

Ele ergueu o dedo mínimo e colocou-o na crosta no canto da boca.

Quando inaugurarem minha estátua em vários conservatórios, ele sussurrou, pode ter certeza de que terão economizado dinheiro na quantidade de mármore ou bronze necessária para replicar o pequeno Maestro. Um cara fácil de embebedar e levar para a cama.

Andrew deve ter ouvido que nós dois ríamos. Entrou na sala e perguntou se Arthur estava bêbado. Arthur ergueu o copo de Bénédictine em saudação a ele. Seus pensamentos começaram a vagar até a esposa de Mahler. Aparentemente, Alma Mahler bebia uma garrafa inteira de Bénédictine todos os dias. A certa altura, ele anunciou para nós dois, Meus queridos, a "Sinfonia n.º 9" de Beethoven parece ter funcionado muito bem, e os caçadores de autógrafos têm sido predatórios.

De manhã, quando Andrew entrou no meu quarto sem bater, eu sabia que Arthur havia morrido.

A crença dele em mim foi uma presença forte na minha vida, disse Andrew.

Eu poderia dizer o mesmo, respondi.

Imagino que você vá voltar para Londres e vender a casa de Arthur?

Não. Paris.

Era a minha casa. Ele queria a minha casa. Queria invadi-la como um oficial de justiça. Em retribuição a algo que eu não compreendia.

Segui-o até o jardim. Ele começou a desenrolar a mangueira.

Andrew, eu disse, sinto muito por não estar aqui quando Arthur ficou doente e você precisou de ajuda.

Ele virou as costas para mim. Eu podia ouvi-lo chorando enquanto apontava a mangueira para as vinhas sedentas.

33
Paris, agosto

Eu havia deixado meu casaco de inverno na lavanderia Express, na Rue des Carmes, nove meses antes. Naquela época, estava pálida e azul, agora estava bronzeada e o azul desaparecia. Era um dia quente para usar o chapéu de feltro. Uma fila tinha se formado diante da lavanderia. Aparentemente, um cliente havia trazido para lavar uma quantidade de lençóis digna de um hotel. A mulher atrás da caixa registradora estava examinando cada um deles antes de aceitar o trabalho.

Olhei para o alto da ladeira, para a cúpula branca do Panthéon. Entre os enterrados ali estavam Victor Hugo, Émile Zola, Voltaire. Houve alguma discussão sobre onde Arthur deveria ser enterrado, mas provavelmente seria na Sardenha. Andrew queria plantar flores em seu túmulo. Era estranho, porque Arthur Goldstein era uma pessoa pública, não pertencia só a Andrew. Haveria pedidos para que ele fosse enterrado ao lado dos aclamados e famosos no Cemitério de Highgate ou no Père-Lachaise. Ele havia ensinado muitos estudantes internacionais que agora eram músicos ilustres. Eles gostariam de prestar suas homenagens junto ao seu túmulo. Talvez a última ascensão de Arthur tenha sido submeter-se ao amor comum e cotidiano.

Uma mulher havia estacionado sua *scooter* elétrica em frente à lavanderia. Havia um grande papagaio branco empoleirado no guidom. Parecia saber que ficaríamos na fila até o pôr do sol. Depois de um tempo, ele enfiou a cabeça sob a asa e cochilou ao sol. Comecei a me sentir tonta, então saí da fila e enveredei por uma rua lateral.

O mundo girava lentamente naquele momento de luto. À noite, quando olhava para as estrelas acima da Notre-Dame, eu tinha que aceitar o fato de que Arthur havia desaparecido do mundo. Eu sentia fome o tempo todo, mas não conseguia comer nada. Vi-me ao lado de uma *boulangerie* em frente a uma imponente igreja de pedra. Uma placa me dizia que a igreja havia sido originalmente construída sobre um campo de cardos no século XIII. Parada do lado de fora da *boulangerie*, olhando para dentro, pude ver que cerca de nove abelhas haviam pousado nas bolinhas de açúcar branco que cobriam os brioches dispostos numa prateleira perto da vitrine. Quando a assistente pegou um brioche, usava luvas de plástico. Fiquei observando as abelhas enquanto o sol batia em meus ombros. Elas estavam lentas, atordoadas, saciadas enquanto sugavam o açúcar. Talvez aquelas abelhas tivessem mapeado a memória do campo de cardos no século XIII. Tinham ido até aquele local específico de coleta de alimentos apenas para descobrirem que ele não estava mais lá. Da mesma forma, mapeei a memória dos cavalos em Ipswich e ela veio à tona em Atenas, transmitida a mim por uma barraca de animais mecânicos movidos a pilha. Bebi um gole de água da garrafa de plástico quente em minha mão. Alguém deu um tapinha no meu ombro.

Eu podia ver seu reflexo na janela enquanto olhava para as abelhas e para os brioches. A mulher que havia comprado os cavalos estava atrás de mim usando um vestido amarelo frente única. Nossos corpos se unificaram numa sombra: quatro braços, duas cabeças. Eu teria de me virar e encará-la, a ela, que poderia ser eu mesma, mas que definitivamente era ela mesma.

Um, dois, três.

Li os obituários, ela disse. Você está em todos eles.

Sim, meu professor morreu, respondi.

Ela fez que sim. Ele disse que você foi sua última aluna. Um presente na velhice. Aparentemente, seu nome do meio é Milagre. Elsa M. Anderson.

Olhei por cima do ombro dela e considerei fugir, como ela havia feito primeiro.

Olha, ela disse, não me importo com o chapéu.

Duas mulheres na rua apontavam para mim.

Elas também leram os obituários, ela disse. Sua foto está em todos eles. Agora que sabem que seu nome do meio é Milagre, acreditam que doentes podem ser curados tocando seu pé.

Não sei o que fazer, respondi.

Decidimos nos encontrar no Café de Flore na manhã seguinte.

O tempo quente havia cedido e estava chovendo. Levei duas horas para me vestir. Não havia água fria no chuveiro do banheiro do hotel. A água saía escaldante como o relacionamento de Nietzsche com Wagner, mas em algum momento passava a algo um pouco mais fresco. Escovei meu cabelo cem vezes e passei uma hora prendendo-o. O sol da Sardenha tinha tornado meus olhos verdes mais reluzentes. Talvez mais lacrimosos do que luminosos. Coloquei brilho nos lábios e brincos de argola nas orelhas, amarrei os tênis. Por último, coloquei o vestido de seda branco-giz que comprara na Itália e o chapéu de feltro. Tinha parado de chover.

Ela me esperava numa mesa no terraço do Flore.

Sua capa de chuva verde estava molhada. Talvez ela tivesse saído cedo e sido apanhada pela tempestade.

Olá, Rainha, ela disse, quer me fazer companhia?

Sentei-me ao seu lado. Estávamos sentadas na primeira fila de mesas e cadeiras, lado a lado, de frente para o Boulevard Saint-Germain. Sob o seu casaco verde, vislumbrei o mesmo vestido de seda branca pregueada que ela usara no dia em que a vira pela primeira vez em Paris. Havia dois pequenos buracos na gola. As traças, ela disse, gostam de seda. Nossa conversa em três países na Europa tinha absorvido principalmente o que ficara para trás, o passado, mas agora eu estava sentada ao lado dela no presente.

Sei tudo sobre você, ela disse.

O que você sabe?

Havia algo em minha mão. O tubo de creme de flor de laranjeira para as mãos que comprei no dia em que ela passou por mim no Flore.

Desatarraxei a tampa e comecei a esfregá-lo nos dedos.

Você era uma pianista famosa, ela disse. E então perdeu a cabeça.

Sim.

E agora você também perdeu seu professor.

Passei-lhe o creme para as mãos. Ela apertou algumas gotas sobre o pulso esquerdo.

Você tem me seguido por aí, eu disse, em tom de desafio.

O trânsito era o mesmo de sempre. Sufocado.

Você tem que cuidar de suas mãos, ela disse.

O que você estava fazendo em Green Lanes, Londres?

Nunca estive em Londres.

Contei a ela como pensei tê-la visto olhando as joias de ouro para casamento nas lojas, depois passando pelos restaurantes de *gözleme* e *kebab* e esperando do lado de fora da padaria Yasar Halim.

Ela meneou a cabeça.

Mas você estava em Atenas quando eu estive lá?

Sim.

E você comprou os cavalos.

Sim.

O garçom nos interrompeu. Gostaríamos de dois copos de *Perrier Menthe*, ela disse, com sua voz de pedras quentes.

Você deve estar sentindo falta do seu professor?

Lamento não ter lhe mostrado Atenas e Paris antes que ele ficasse velho e coxo demais para andar por conta própria.

Ela abaixou a cabeça.

Eu estive passeando com ele por você, ela disse.

Quem?

Seu professor. Ele gostava do Museu de Arte Cicládica em Atenas e tinha afinidade com o povo grego. Em Paris, admirava as pontes e o queijo de ovelha com cassis.

Você é que é a louca, eu ri. Está tentando me assustar. Meu professor nunca comeria queijo de ovelha com cassis. Seu prato favorito era purê de batata. Quem era o velho que estava com você?

Ah, ela sorriu, tirando uma caixa de charutos do bolso da capa de chuva. Ele é meu pai.

Nós duas acendemos um charuto com o isqueiro dourado que eu encontrara na noite em que nadei para longe de Tomas, em Love Bay, e levei comigo para a morte na Sardenha.

Você precisa queimar uniformemente, ela disse. Gire as bordas externas e mova a chama em direção ao centro.

O garçom trouxe nosso *Perrier Menthe* e uma tigela pequena de batatas fritas. Ficamos sentadas em silêncio, fumando na primeira fila do Flore. Nossas mãos cheiravam a flor de laranjeira. Sua pele tinha tom oliva e seus olhos eram castanhos. Seu sotaque não era inglês.

Passarinhos pequeninos pularam para cima da nossa mesa e bicaram as batatas fritas. Eu ainda estava usando o chapéu dela. Depois de um tempo, percebi que minha mão estava apoiada em seu ombro esquerdo.

É bom, ela disse, estar sentada com um milagre.

Era como se tivéssemos nadado até a ilha que eu havia sonhado para nós, afinal.

Ou talvez fosse uma baía.

Ela me acalmava.

Ela era como o canto de uma sala.

Segurava o isqueiro dourado com força na mão.

Um homem na casa dos cinquenta parou diante da nossa mesa. Carregava uma grande sacola xadrez azul e vermelha com zíper, feita de plástico resistente. Se era um morador de rua, tinha se dado um trato. Estava barbeado, a pele do rosto radiante, a camisa rosa limpa e passada.

Disse que era de Singapura e pesquisava medicina desde que seu pai ficara doente. Em sua bolsa ele havia preparado diversas cópias dos artigos que foram todas as pesquisas de sua vida. Perguntou se gostaríamos de ler seus documentos. Parecia querer que os lêssemos, mas não era uma conversa direta. Nós lhe demos vinte euros e, embora não tivesse pedido dinheiro, ele os aceitou graciosamente.

Esperem, ele disse, precisaria organizar os documentos na bolsa. Ajoelhou-se perto da nossa mesa e começou a juntar várias páginas de papel A4. A sacola estava repleta de múltiplas fotocópias de caligrafia em arabescos em tinta preta. Ele me deu cinco folhas, verificou se estavam numeradas, agradeceu a nós duas e foi embora.

Pelas informações constantes dos seus documentos, pelo visto ele era médico e podia ser encontrado num determinado parque para consultas entre as 14h30 e as 16h30. Isso estava riscado com uma correção: das 16h30 às 17h30, com o nome da estação de metrô mais próxima. Ele escreveu que havia curado as várias doenças de seu pai, que morrera havia dez anos. Todos os dias ele ainda chorava por seu pai. Escreveu sobre como, quando uma mãe pinguim-imperador põe seu ovo, ela retorna ao mar por dois meses para se alimentar. É o trabalho do pai, escreveu ele, manter o ovo aquecido e seguro. Ele equilibra o ovo nos pés enquanto ela estiver em sua jornada, protegendo-o dos predadores durante o inverno frio. O pai não poderá comer durante dois meses. Quando a mãe volta, ele vai até o mar para se alimentar. Na página dois, ele escreveu sobre como os elefantes choram quando sua família morre e como, quando nascem, suas irmãs borrifam areia sobre seus corpos para protegê-los do sol. Ele escreveu *EU TE AMO PARA SEMPRE* abaixo dessa informação. Todos os *O*s estavam desenhados em forma de coração. Na página três, listou todas as disciplinas das ciências que havia estudado. Eram cento e sete, todas numeradas, de anatomia a pneumologia, de urologia a oncologia, com intervenções em letras maiúsculas: *EU TE AMO MUITO, MUITO, PARA SEMPRE!!*

Ele havia lido um total de trezentos mil artigos científicos, escreveu, mas, acima de tudo, para levar uma vida saudável, recomendava luz solar e exercícios, beber água quente, comer vegetais roxos, também alho e gengibre, comer costela de boi duas vezes por semana, tomar potássio, magnésio, ouro, ferro, correr até o suor aparecer e dormir cedo.

Suas palavras eram diferentes das palavras em meus documentos. Em nenhum lugar havia as palavras *EU TE AMO MUITO, MUITO, PARA SEMPRE!!*

Essas palavras só são importantes se você estiver falando sério, ela disse, reacendendo o charuto que havia apagado enquanto líamos os artigos.

Acho que ele as entende, respondi.

Mas transformar os *O*s em corações – ela soltou uma nuvem de fumaça – é um golpe baixo.

O charuto brilhava entre seus lábios.

Depois de um tempo ela o tirou dali e deixou descansar no cinzeiro.

Eu tenho algo para você.

Ela apanhou um embrulho de jornal na bolsa e colocou-o sobre a mesa. O jornal estava escrito no alfabeto grego, e eu sabia que os cavalos estavam ali dentro. Tirei o chapéu de feltro da cabeça e passei para ela.

Ela o colocou despreocupadamente e o inclinou sobre os olhos, como se nunca tivesse se separado dele.

A impressão era de que tudo havia mudado e tudo continuava igual. As raízes das árvores sob o asfalto do Boulevard Saint-Germain continuariam crescendo. As raízes do meu cabelo continuariam crescendo, deixando para trás o azul. O nível do mar continuaria subindo. Dois jovens que estavam perto do ponto de ônibus se beijavam. Beijos frenéticos. Como se esse devorar-se um ao outro fosse um dever existencial. A obrigação de manter forte o impulso de vida quando a morte é o destino final.

EU TE AMO MUITO, MUITO, PARA SEMPRE. Era um golpe baixo?

Arthur sempre me dizia, "Admiro sua grande força", eu disse.

Ela quis saber o que ele queria dizer com isso.

Você já sabe, eu disse. Você fez com que eu te contasse em quatro países o que ele queria dizer.

Ela começou a espirrar. E depois tossiu por muito tempo.

Você não está se sentindo bem?

Não tenho certeza, ela respondeu.

Ocorreu-me que o que eu havia transmitido a ela, em quatro países, era a dor.

Estávamos todos caminhando a passos largos pelo mundo mais uma vez, para infectarmos e sermos infectados uns pelos outros. Se ela era meu duplo e eu o seu, seria verdade que ela era sábia, eu não era sábia, ela era sensata, eu era louca, ela era judiciosa, eu era tola? O ar estava elétrico entre nós, a forma como transmitíamos nossos sentimentos uma à outra enquanto eles fluíam através de nossos braços, que se tocavam.

Concordamos que, acontecesse o que acontecesse no mundo em seguida, ainda íamos passar condicionador no cabelo depois de lavá-lo e penteá-lo até as pontas, untaríamos nossos lábios com brilho com aroma de rosa, morango e cereja, e, embora estivéssemos interessadas em ver um lobo empoleirado numa montanha solitária, gostávamos que os nossos animais domésticos traíssem sua natureza selvagem e vivessem conosco na nossa realidade, que não era a deles. Iam se deitar no nosso colo e nos deixar acariciá-los através de ondas de vírus, guerras, secas e inundações, e tentaríamos não transmitir a eles o nosso medo.

Desembrulhei o jornal e tirei dali os cavalos. Marrom e branco. Tudo me voltou à mente. A dor desoladora de ver os cavalos carregando o piano através do campo. De alguma forma, eu sabia que era dela. Como era possível saber tal coisa? Como sabemos o que sabemos? O recibo da lavanderia da Rue des Carmes caiu do meu bolso e esvoaçou até a calçada.

Ela se abaixou e pegou-o e ficou com ele na mão.

Começou a chover, chovia sempre quando ela estava por perto, mas não saímos dos nossos lugares na primeira fila do Café de Flore. Quando puxei a cauda para cima e segurei a corda em volta do pescoço do cavalo marrom dançante, pude ouvir fugazmente, mas não compreender, o protesto que se apoderou de mim naquela noite na sala de concertos de Viena.

Queria que o velho mundo derretesse como a neve do inverno.

Quando ouvi meu improvável duplo dizer Elsa, seus braços estão bastante nus na chuva, não tive coragem de puxar o rabo para baixo e desfazer a magia. Meu cabelo estava encharcado e ela usava o chapéu. Depois de um tempo, ela se inclinou e, com o dedo na cauda, parou o cavalo.

Fiquei ofendida. Pela primeira vez desde que ela aparecera na minha vida, olhei diretamente nos seus olhos. Ela não desviou os seus, e tive um vislumbre de quem ela era, em vez de quem eu imaginava que fosse. Não foi um momento confortável. As lágrimas escorreram e molharam seu vestido de seda branco.

Nunca devemos superestimar a força de uma pessoa só porque nos convém fazer isso, ela disse.

Depois de um tempo, sugeriu que caminhássemos juntas para pegar meu casaco na lavanderia. Enquanto a chuva caía suave e miúda sobre o Boulevard Saint-Germain, eu lhe disse que na noite daquele concerto em Viena eu havia deixado de habitar a tristeza de Rachmaninov e ousado por um momento viver na nossa.

Este livro foi composto com tipografia Adobe Garamond Pro e
impresso em papel Off-White 80 g/m² na Formato Artes Gráficas.